新装版

日本剣鬼伝

宮本武蔵

峰 隆一郎

祥伝社文庫

目次

一章　吉岡《よしおか》兵法所

1

慶長《けいちょう》十年（一六〇五）九月——。

陰暦でいう当時の九月はいまの十月に当たり、すでに秋であった。その年の九月は、まだ夏がそのまま続いているようで暖かだった。

吉岡憲法《よしおかけんぽう》は、京都、六条三筋《ろくじょうみすじ》町の遊廓に身を置いていた。俗に六条柳《やなぎ》町という。室町《むろまち》通りと新町《しんまち》通りの間の上《かみ》ノ町、中《なか》ノ町、下《しも》ノ町の三町からなっていたので三筋町という。

この遊廓は、三年前までは二条柳馬場《ばば》にあったが、京都所司代《しょしだい》の板倉伊賀守勝重《いたくらいがのかみかつしげ》が、京都御所に近いのをはばかり、この地に移転させたのである。

柳町遊廓はこの地にあること三十八年、寛永《かんえい》十七年（一六四〇）に郊外の朱雀野《すざくの》村に移された。これが島原《しまばら》遊廓である。

憲法は、若い遊女清里《きよさと》を相手に酒を呑んでいた。このところ清里に通いづめであった。清里は十七歳、この遊里に入って来て数カ月だった。美人というほどでもないが、顔が丸く小さく、そして首が長かった。京美人の典型である。女も二十歳《はたち》になれば年増と言われる。十七歳は娘盛りである。

憲法は名を清十郎《せいじゅうろう》という。吉岡家では代々当主を憲法と号する。憲法はこの年二十八歳になっていた。背丈《せたけ》は五尺三寸（一五九センチ）で、当時としては人並みだった。

体つきはずんぐりとして色白、誰が見ても武芸者とは思えない体つきであり顔つきで、いつも穏やかな表情をしていた。

この六条柳町にほど近い西洞院《にしのとういん》に吉岡兵法所がある。足利《あしかが》時代から将軍家に仕《つか》える剣術指南であった。

憲法は、思うところあって一年ほど前から道場には出なくなった。兵法所は弟の又七郎《またしちろう》に預けてある。また、又七郎で足りたのである。憲法は、ずっと以前から、

「兵法とは何ぞや」

と考えていた。兵法者とは武芸者のことだ。武の芸者、つまり踊ったり音曲《おんぎょく》

をしたりする女芸者と変わらないのだ。人々もまたそのように見ている。

武芸にどのように達しても、城一つ取れるわけではない。いかに強くても万石の大名になれるわけではない。彼が兵法を身につけてきたのは、ただ吉岡兵法所を守るためだけであった。兵法所を守っているからこそ憲法と号しているのだ。

道場に出なくなって体に肉がつきはじめた。その肉は柔らかい。それはいやなことだが、道場に出て荒々しく木刀で打ち合う気はしなかった。兵法を考えはじめたとき、兵法がむなしくなった。

もっとも、吉岡兵法所には、一千人からの門弟がいる。この者たちに兵法を教えなければならない。教えていくことが家業であった。もっとも、いまは憲法が教えなくても、又七郎と高弟たちで足りている。何もすることがないから遊女屋に酒を呑みに来る。もちろん遊女も抱く。

兵法とは一対一の勝負である。戦場でも一対一の勝負というのはある。だが、たとえ相手一人を斬ったとしても大勢《たいせい》には影響はないのだ。一対一が一対二になっても一対五になっても、たかが知れている。

旗本《はたもと》になって主君のそばにひかえていて、敵が襲いかかって来たとき、これを斬り落とす。だがこれさえも、敵が一団となって本陣に斬り込んで来るようになってはおしまいだ。

第一、戦場ではみな鎧《よろい》を着ている。鎧は刀では切れないものだ。刀術の虚しさは合戦に出てみればわかる。

「兵法を極《きわ》めて何になる」

その思いが憲法の中にある。魚屋であれば魚を売る。絹問屋であれば絹を売る。そこに利がある。利があるから働く。利を上げる楽しみということがある。利を重ね上げていくと財産になる。世の中は金がものを言うのだ。商人は儲《もう》けることに懸命になる。

兵法は何を売るのだ。売るものがない。だから利は出て来ない。利の出ないものには楽しみがないのだ。だが、吉岡家に生まれてきたからには、兵法をやらなければならない。兵法は何も生まないのだ。相手を斬る技だけを身につけていくことになる。相手を斬るのが商売である。何とむなしいことか、と思う。

憲法は清里の衿《えり》の間から手を入れた。清里は拒《こば》まなかった。手に快《こころよ》いふっくらとした乳房があった。手にぴったりと合った乳房である。

抱き寄せて乳房を揉む。しばらくは左乳房を揉んでいて、右乳房に移る。一方の乳房だけ揉んでいると、そのうち大きさが違ってくる。

清里は鼻息を荒くしはじめた。そして、

「寝間《ねま》入りしましょう」

と言った。遊女は客と寝るのが商売である。俗に春を切り売りする、と言う。たしかに切り売りするのだ。売っているうちに、女の体は次第に変わってくる。それが女の哀しさでもある。

憲法は遊廓を出た。あたりは薄暗くなっている。

「ギャーッ」

という叫びを聞いた。憲法は刀を抜いた。抜きざまに体を回転させながら、左から右へと薙《な》いだ。体は右に流れていた。

叫びを聞いてから反応したわけではない。曲者《くせもの》が背後から忍び寄って来るのに気づいていた。とうに刀の鯉口《こいぐち》は切っていた。あとは拍子《ひょうし》である。

相手に拍子を合わせればいいのだ。相手は間合いに入りすぎていた。憲法の刃《やいば》も深すぎた。

剣法者ならば、振り向きざまの一閃《いっせん》がどのようにこわいかを知っている。だから、背後からは襲わぬものだ。

曲者は浪人だった。刀を振り下ろす寸前に斬られた。上半身が揺れた。泳ぐ手つきをした。だが調子がとれなくて、前に泳ぎ、そして倒れた。下半身だけが、そこに残っていた。

浪人は地面について、振り向きざまに刀を薙いだ。珍妙な顔をした。そこに立っている者には上半身がなかった。そこにつっ立っているのが、おのれの下半身だとは思わなかったのだ。両手をついて立ち上がろうとした。下半身がおかしかった。おのれの下半身がなくなっていることにようやく気づき、立っている下半身を振り向いた。

「ワッ!」

と声をあげた。その声に揺さぶられてか、下半身が朽木《くちき》のようにゆっくり倒れた。体が両断されるなど思いもしなかったのだ。曲者はうろたえた。どうしていいかわからないのだ。どうする方法もなかった。

憲法は刀を拭《ぬぐ》って鞘《さや》に収めて歩き出した。曲者には見覚えがあった。まだ憲法が道場に出ているころ、他流試合に来た浪人だった。

兵法所を開いていると、他流試合の浪人たちが毎日のようにやって来る。この浪人もその一人だった。憲法は死ぬほどに叩きのめした。生きていたか、と思ったほどである。

叩きのめして外にほうり出した。骨の何本かは折れていたはずである。浪人は名乗ったのであろうが、名前は覚えてはいない。治療するのに一年を要したということなのか。浪人は憲法に恨《うら》みを持っていた。

兵法というのは恨みを生むものだ。もちろん兵法所を守るためには叩きのめさなければならない。他流試合を仕掛けてくる剣士たちにも、それだけの覚悟はあるはずだ。だが、負ければ恨む。

このころはまだ竹刀《しない》というものは使われていなかった。稽古《けいこ》するにも木刀である。もっとも稽古のときには、木刀を肌すれすれのところで止める。肌に近ければ近いほど詰めたと言う。

だが、他流試合のときはそれほどやさしくはない。打ちのめし、叩きのめすのだ。当然、骨は折れる。頭を打たれればそのまま死ぬこともある。もちろん打たれないように受けることになる。

兵法は利を生まずに恨みだけを生む。憲法も多くの恨みを持っていた。恨みをいかに多く持っていても、それが財産にはならないのだ。だが、兵法所を守っていくためには、多くの恨みを積み重ねていかなければならない。

何のために兵法をやるのかわからない兵法者は多い。武者修行と称して全国を回っている。もちろん、目的は大名に召し抱えられるためであろう。

だが、大名は兵法者を召し抱えようとはしない。運よく召し抱えられたとしても、微禄である。将軍家には二人の剣術指南がいる。一人は柳生又右衛門宗矩《やぎゅうまたえもんむねのり》である。二人目は小野次郎右衛門《おのじろうえもん》である。この二人ははじめは二百石だった。豊臣秀吉《とよとみひでよし》などは、兵法をまったく無視した。何の役にも立たないからである。合戦の役に立たなければ何もないのと同じである。だから、剣を使う者よりも力のある者を認めた。力があれば戦場での働きもできるのだ。

どんなに巧《たく》みになろうと、芸者は芸者である。本当の芸者のほうがまだましだ。音曲がうまくなると売れる。また人を楽しませもする。

もっとも武芸好みの大名というのはいる。召し抱えられる剣士は好運というべきだろう。だが、剣とは関わりのない役職につく。そしてときどき殿さまに呼び出されて剣を披露するのだ。うまくいけば拍手をいただく。

大名の家臣の役職に兵法指南というものはない。家臣を養うのに、それほどの余裕はないのだ。兵法の稽古だけで遊んでいられては困る。だから、馬廻り役とか目付《めつけ》役を兼ねて兵法指南をやる。武芸者として雇われるわけではないのだ。

ある武芸者が、ある大名に召し抱えられた。兵法で召し抱えられたと思い込んだ。だが侍たちは、芸者、芸者と笑う。それにカッとなって侍を一刀のもとに斬り殺した。その武芸者は捕えられて首を刎《は》ねられた。兵法者は、おのれの芸に矜《ほこ》りを持ってはならないのだ。分《ぶん》をわきまえないと、せっかく召し抱えられてもおのれの首を失うことになる。

兵法というものは武士の矜りではない。ただ人を斬る術でしかない。いつも人を斬れるわけではない。逆に斬られることもある。むしろ生き残れる剣士は少ない。ほんのちょっとしたずれで斬られて死んだ剣士も多いのだ。

たいした得もないのに、人は剣を学ぶのだろうか。あるところまで達すれば大名が召し抱えてくれるというのであれば、誰もが必死になって稽古もするのだろうが。いかに稽古をしても報《むく》いられることは少ないのだ。

2

憲法は釣竿《つりざお》を持って釣りに出かけようと玄関を出た。そこに弟の又七郎が出て来た。

「兄者《あにじゃ》！」

と声をかける。気づかぬふりをして、長屋門のところで足を止める。この長屋には門弟たちが住んでいる。

「どこへ参られる」

「見ればわかろう。釣りじゃ、紙屋《かみや》川に鯉《こい》を釣りに行く。鮒《ふな》かもしれんがな」

「ときには道場に出てもらわなければ困る」

「又七郎で充分に足りている。わしが出ることはない」

「しかし、兄者は当主であろう。門弟たちが何を言っておるか、知っているか」

「知らん、何を言うておる」

「兄者よりもわしのほうが強いのではないかと言うておる」

「言いたいやつには言わしておけばよい。だが又七郎、おまえはまだまだわしにはかなわん」

「まことそうか。ならば立ち合うてくれ」

「兄弟が勝負を争うてどうする。どちらが勝っても得にならないことだ。おまえが強いと思うていればそれでよい」

「だが、それでは門弟たちにしめしがつかん」

「おまえが勝ったら憲法を継ぐか。いつかは決めることになろうがな」

　又七郎は、兄とはまったく違った体格をしていた。背丈は五尺七寸（一七一センチ）ほどはある。肉はよく締まって偉丈夫《いじょうふ》である。それに男らしく剣士らしい顔をしていた。

「わしは兵法所を兄者から奪うつもりはない、しかし」

「よい、わしは思うところがあって道場には出ん」

　と言って門を出た。魚籠《びく》を腰にぶら下げている。魚を釣るのが目的ではなかった。釣糸を垂れていれば、何かが考えられそうな気がしたのだ。

　紙屋川は、洛中を流れる三間《げん》（五メートル）ほどの小川である。堀川《ほりかわ》や鴨川《かもがわ》に比べると、小さな川である。

　水源は鷹《たか》ケ峰《みね》に発して南流し、北野天満宮《きたのてんまんぐう》の西側を経て西ノ京円町《えんまち》に至り、御《お》室《むろ》川に注《そそ》いでいる。平安時代にはこの川のほとりで禁裏《きんり》（皇居）御用の紙を漉《す》いたことから紙屋川と呼ばれた。その紙は紙屋紙といい、反故《ほご》紙を再製した粗末な紙であったという。一般には薄墨紙と呼ばれていた。文字を書く紙ではなく、おとし紙に使われたものである。

　紙屋川には、浅瀬と淵《ふち》がある。もちろん、釣師たちが坐るのは淵である。たいした魚が釣れるわけではない。たいていが暇潰《つぶ》しである。三人の釣師が坐っていた。

憲法は、木陰の石に坐って糸を垂れた。頭には笠を載《の》せていた。

憲法が吉岡家を継いだのは二十一歳のときだった。兵法所の主《あるじ》である。そのころは七百人の門弟がいた。

京では名高い兵法所である。武者修行の浪人たちが挑んで来る。兵法所の憲法に勝ったとなれば名も上がるし、手柄にもなる。仕官の手がかりにもなるのだ。自分の代で兵法所をなくしてはならない。次の代に引き渡さなければならない。それだけに肩に重くのしかかってくるものがある。

もちろん、他流の者にかつて負けたことはない。武者修行の者たちは、たいていは高弟たちによって叩きのめされて去って行く。

だが、ときには門弟をしのぐ者も出て来る。すると憲法が立ち合わなければならない。そのころの憲法は全身ばねだった。体も顔も締まっていた。双眸《そうぼう》は燃えていた。

念流《ねん》の林田百斎《はやしだひゃくさい》という武芸者がいた。体つきの大きい、巧みな剣を使う男だった。高弟三人をたちまち叩きのめした。憲法が立った。木刀が打ち合わされ、激しい音を発する。

　憲法は百斎の手甲《てっこう》を打った。百斎は木刀を投げ出し、参った、と言った。憲法は許さなかった。木刀が手甲を掠《かす》っただけだ。まだまだ、吉岡の京流はお見せしてはおらぬ、と百斎を立たせた。おのれと叫んで、百斎は打ち込んで来る。それを外《はず》して頭を打った。

　額《ひたい》の皮が破れて血が流れた。その血はすぐ止まり、道場を出て行った。百斎は京の町をうろつきまわり、三日目に鴨川に浮いていた。

　兵法所は激しい、と噂が立った。そのためしばらくは挑戦者もなかったほどだ。兵法所に試合に行けば、無事ではもどれぬ、と言われ、恐れられた。人々に恐れられなければ兵法所は立ち行かないのだ。

　挑戦する兵法者は、負けてもともとという気がある。だから気は軽いのだ。だが、憲法は兵法所を持っているから負けられない。その気迫が違った。

　遊びのつもりで挑戦されては困るのだ。それで、少なくとも腕一本は折って帰す。肩の骨を砕く場合もある。頭を打たれて狂う者もいる。挑戦者も命がけである。なまなか腕のある武芸者たちが憲法に打たれて退《ひ》いていく。

　憲法は、勝って当たり前である。負けるわけにはいかない。兵法所を背負っているからである。兵法所を背負っていることに疲れはじめた。いつも神経を張りつめていなければならないことにだ。

そのころ弟の又七郎が出て来た。子供のときから又七郎を鍛えてきた。剣の厳しさを教え込んだ。又七郎も吉岡の血を引いていて稟性《ひんせい》があった。いまでは高弟たちの間でも、当主をしのぐと言われている。

又七郎も憲法に挑みたがっている。憲法に勝ってみたかったのだ。だが、憲法はのらりくらりと躱《かわ》している。又七郎が成長してから、憲法は体に肉をつけはじめた。女と酒の味を知ったのだ。もっともそれで肩の荷が下りたわけではなかったのだ。

川は流れている。その川の流れを見ていた。兵法所などというものはなくなればいい、と思う。一介の兵法者になれば、そのほうが楽だ。

聞くところによると、将軍家指南の柳生又右衛門宗矩は、他流試合をしなかったという。将軍家剣術指南が他流の剣術者に負けては立場がない。勝って当たり前、負けては不名誉、そういう試合をするわけはないのだ。

だが、憲法は柳生とは異《こと》なる。足利将軍の時代ならともかく、いまは市井《しせい》の兵法者である。兵法所の看板を掲《かか》げている。挑戦者を受けて立たなければならない立場にある。

向こうの釣師が鯉を釣り上げた。宙空で鯉がはねる。他の釣師が寄っていく。だが、憲法は気にならなかった。

水の流れを見ていた。水の流れというのが好きなのだ。それで紙屋川にはよく来る。一日、岸辺に坐っていることもある。何かを見ようとしている。まだ見えてこないのだ。まだ何を見ようとしているのかもわからない。だが見ようとしている。

水は何のこだわりもなく流れている。人はみな何かにこだわって生きているのだ。もちろん、おのれだけが思い悩んでいるとは思っていない。人はみな悩みや苦しみを抱いているのだ。

ここ三カ年ほど、憲法は人が寝静まった子《ね》の九ツ（深夜十二時）ころ、住まいを出る。そして森の中に入る。森の木々には鳥たちが眠っている。その中で気を磨くのだ。木々の霊気が体に染《し》み込んでくる。気を磨くには森の中がいい。そして三ツ（午前二時）ころに住まいにもどる。

木刀を振るわけではなかった。ただじっと坐っているだけだった。三年経って何かが見えてきた。

十月になったある日、吉岡兵法所は武芸者の挑戦状を受けた。名は宮本武蔵《みやもとむさし》、無名の武芸者である。門弟たちも宮本武蔵の名は誰も知らなかった。

宮本武蔵は、書状を門番の老人に託しただけで姿を消した。場所と日時はそちらで決めてくれ、というものだった。返書は、東山妙法院《ひがしやまみょうほういん》の寺男に手渡されたし、とあった。

武蔵は、直接、兵法所には乗り込んで来なかった。吉岡の門弟たちの目の前で試合する不利を知ったのだろう。

やり方が他の兵法者と違っていた。老人の他には姿も見せていないのだ。歩く姿を見ればその伎倆《ぎりょう》はわかる。もちろん、凡人にはわからない。剣を学んだことのある者なら見分けはつくのだ。

憲法は門番の老人に聞いた。どのような男であったのかと。背丈、五尺七、八寸（一七四センチ）で双眸が光っていて、老人は息を呑みそうだったという。髪は長く結《ゆ》わずに後ろで束《たば》ねていた。

門弟が会っていれば、もう少しくわしくわかったのだろうが、武蔵は逃げるように去ったという。できるだけ自分の姿を見せたくなかったのだろう。

「兄者、どうする」

「わしが戦う」

「勝てるのか」

「勝つ、勝たねばならん」

「わしにまかせてくれぬか」

「又七郎、そのほうでは及ぶまい」

「何を言うか、兄者よりわしのほうが技は上じゃ」

「剣は技だけではあるまい。おまえで間に合えば、おまえにまかせる。今度ばかりはまかせるわけにはいかん」

逃げるように去ったという。これだけでも気にかかる。果たし状でなかったことも尋常ではなかった。果たし状なら場所と日時は決めてくる。そのほうが有利だからだ。場所を前もって調べることができる。その有利さも憲法に渡してしまっている。

ただ者ではなかった。これでは、武蔵に道場へ来いとは言えなかった。

年齢は二十二、三に見えたという。憲法が二十二、三のころは最も激しかった。いま憲法は剣に悩み、考え込むようになっている。二十二、三のころは何も考えなかった。相手を打つことだけを考えた。眠りにつく前は天井に敵を思い描いて、どう打てるかを考え、何か思いつくと、飛び起きて寝床を出て道場に駆け込んだ。そして燭台に灯《あか》りをつけ、木刀を構える。

生活のすべてが剣だったのだ。いまは違う。考えることを知った。考えれば考えるほど、先が見えてこないことも。

3

比叡山麓《ひえいさんろく》下に一乗寺《いちじようじ》村がある。この村の路傍《ろぼう》に下《さが》り松がある。京洛より比叡山延暦寺《えんりやく》や近江《おうみ》の坂本《さかもと》に通じる道しるべとして植えられたものである。『保元物語《ほうげん》』や『平家《へいけ》物語』にその名が見えることから、かなり古い時代から知られた名松であったようだ。

中でも、平敦盛《たいらのあつもり》の北《きた》の方《かた》が、一《いち》の谷《たに》の戦いで戦死した敦盛の遺児を松の根元に捨てておいた。折ふし賀茂《かも》社参りの法然上人《ほうねんしようにん》が見つけて拾い上げ、これを養育してのち僧にした、という伝説によって一乗寺下り松は有名になった。

ちなみに、宮本武蔵と吉岡一門が決闘した一乗寺下り松はここではない。古老の随筆によると、両者の決闘が行なわれたのは、北野の七本松《ななほんまつ》であった。この七本松は一条通《いちじょう》の西端にあり〝一条下り松〟と称していた。一条下り松を後世のもの書きが一乗寺下り松と勘違いしたもののようだ。あるいは一条下り松よりも一乗寺下り松のほうを気に入ったのかもしれない。

宮本武蔵は、一乗寺村の村長《むらおさ》の家を住まいとしていた。

このころ、京の町では野盗が横行していた。この野盗がこの一乗寺村にも及んだ。野盗たちの目当ては金と女である。武蔵は比叡山に登るためにこの村を通りかかった。土地の百姓に助けを求められ、十数人の野盗を斬り捨てた。

それを恩に着て、村長は住まいを与えたのだ。村としては用心棒として有難《ありがた》がった。用心棒がいれば村人も安心できるのだ。

武蔵は一室を与えられて、そこで寝起きをする。浪人の武蔵にとっても有難いことだったのだ。もちろん、食事も運び込まれる。武蔵の働きによって何人の女たちが助かったことか。

武蔵は縁側に出て、刀の手入れをしていた。人を斬ったあとは丁寧《ていねい》に拭《ぬぐ》って鞘《さや》に収める。だが、丁寧に拭ったつもりでも、鍔《つば》元あたりには脂《あぶら》が残っているものだ。塩分を含んだ脂である。これが錆《さび》のもとになる。

目釘《めくぎ》を抜いて中心《なかご》を改める。中心は柄《つか》に収まる部分である。この中心が錆びても刀は折れる。刀は命である。刀が折れると命を失うことになるのだ。

このとき、武蔵は二十六歳になっていた。十六歳のときから武者修行に出た。武者修行と言っても楽な旅ではない。浮浪者と同じである。浪人の一種でもある。浪人と違うのは、剣術を極めようという思いがあること。剣術によって大名に召し抱えられたいという目的があった。

剣術というのは人を斬る術である。そのことに露ほどの疑問もなかった。刀を抜いて斬り合う。はじめのころはそれが恐ろしかった。何度、武者修行を止めようと思ったかしれない。剣術を止めると食っていく方法がないのだ。

生まれた土地に埋もれたくはなかった。若者は希望を抱くものである。剣で何とか生計を立てたいと思っていた。それでなければごろつきになるか、野盗の群れに入るしかなかったのだ。

剣は叔父に教わった。素質があると言われた。天性もあったのだ。剣がおのれの体質に合っていたのだろう。

旅をして困るのは、泊まるところと食いものである。たいていは寺とか神社の床下に入り込んで夜露をしのぐ。夏はよいが、冬になると困る。夏は風通しがいいだけに、冬は寒いのだ。

冬を過ごすのが一苦労である。寺の床下で凍死している浪人を何度も見た。凍死は気持ちいいものだという。寒さに震《ふる》えているのが寒さを覚えなくなり、しきりに眠くなる。眠ってしまえば死ぬ。つまり、苦しみもなく死ねるのだ。餓死はつらいと聞く。

たいていは腹を空《す》かしている。第一、金があるわけはないのだ。盗みをすれば追われることになる。自然に下賤《げせん》になっていく。もちろん下賤になりきれば楽なのかもしれないが。

運がよければ、寺や神社に泊まり、食事も与えられることもあるのだ。あまりみすぼらしく、矜りも情けも捨ててしまうと、武芸者としてはあつかってくれない。浮浪者になり果てるのだ。

武者修行には武者修行の体面というものがある。身なりも浮浪者と同じではいけない。

武者修行の中には、「天下一兵法者」とかいう旗を背負って歩く者もいる。そして村々に表札を立てる。剣術の試合に応ずると、立札に書く。もちろん田舎のことだから、立ち合う者などいない。それでも村の長者の世話になることができる。このようにして武者修行をして歩く武芸者もいる。

また、中には賭け試合をする武芸者もいると聞く。見物人から金を集めて武芸を見せる、まさに旅芸人である。そうしなければ食っていけないのだ。

その点、武蔵は幸運だったと言うべきだろう。わりに苦しまずに旅を続けて来られたのだ。今度のように人を助けたことも何度かあった。武者修行も運不運というのはあるものだ。

武蔵は昼間は村の中を歩く、村民たちが頭を下げる。武蔵も礼を返す。何だか村を守っているような気分にもなる。下り松のところにもよく来た。松を眺め、松の根元に坐ってみる。

松から少し離れたところに小川がある。水田に水を引く小川である。この小川の岸辺に坐ったりする。武芸者というのは水の流れが好きなようだ。

夜になると風呂に入る。大きな鉄の釜《かま》の風呂である。もちろん旅をしているときは風呂など入らない。夏の間は川で体を洗う程度だ。冬は何カ月も体を洗わないことがある。だからたまたま風呂に入ると、垢《あか》がボロボロと落ちる。

風呂から上がると濁《にご》り酒が出ることもある。ここは極楽であった。もちろん、この極楽が長く続くわけはないのだ。屋根のある家で布団の上で眠れるということも極楽であった。

村長に、京に名のある兵法者はいるか、と聞いた。村長は即座に、吉岡兵法所と言った。そこの主の吉岡憲法、その弟の又七郎と言った。

吉岡兵法所に入った武芸者はまともな体では出て来れないと言う。憲法か又七郎と立ち合って、みな敗れて出て来るのだ。すると、吉岡兵法所はまだ敗れたことがないらしい。

となると、吉岡憲法なり、又七郎なりを敗れば剣名が上がる。そう思って武者修行の者たちは挑むのだ。仕官するにも剣名が必要である。京の吉岡を敗ったとなると、それだけで大名が召し抱えてくれるかもしれない、という思いがある。

武蔵は、吉岡兵法所に挑戦状を突きつけた。兵法所に乗り込むのは損である。他の武芸者たちは損を覚悟で乗り込んだのか。もちろん武蔵は勝つという自信はある。自信はあるが損なところに乗り込む気はない。できるだけ有利にしなければならない。

武蔵は老いた門番に書状を渡した。門弟たちに顔も体つきも見られたくなかったのだ。相手の姿形がわかっていると、その敵を思い描いて術を妄想する。妄想しているうちに、何か術を思いつくこともあるのだ。武蔵も寝ているときに、敵を妄想することがある。あの手この手を考える。妄想の中に形が見えてくることがある。そうすればたいていは勝てるのだ。

一目相手を見るということは大事なことでもあった。だから立ち合う前には姿を見せないほうが得でもあった。もちろん武蔵も、憲法も又七郎も見たことがない。

眠りに就《つ》こうとしたとき、廊下に足音を聞いた。さっと枕もとの刀を摑んだ。そして寝たふりをする。いきなり斬りつけられたらどうするかは頭にあった。障子《しょうじ》が音もなく開いていく。武蔵は体の力を抜いて、刀を置いた。障子の向こうに黒い影を見せたのは女だった。村のお品《しな》という後家だった。お品の亭主は野盗に斬られて死んでいた。

お品が夜這《よば》って来るのは今日がはじめてではなかった。今夜で三回目であった。美形でもないし、肌も白くなかった。だが、目に艶《つや》があった。女らしい女である。白くはないが、二十六の女の肉は柔らかだった。

お品は、夜具の中に体を滑《すべ》り込ませてきた。そして、武蔵さまと言って抱きついてくる。女の体を引き寄せた。働き者と聞いているが、腰は細く、尻は女らしく膨《ふく》らんでいた。

武芸者にとって女の体というのは有難かった。旅を渡り歩くせいでもなかろうが、女とは縁が薄い。つまり女と出会う機会が少ないのだ。剣術だけで女のあつかい方を知らない。どうすれば、女が股を開いてくれるかも。

武芸者も、武芸者である前に男である。男であるからには女を抱きたい。女への欲望に悩まされるときもあった。そういう欲望がなければ、もっと剣術にのめり込めるのに、と思ったことも一度や二度ではなかった。

特に斬り合ったあとなどには、しきりに女の体が欲しくなるのだ。

女など必要ではない、と思いたい。だが、それでは体が納得しないのだ。心頭《しんとう》滅却すればという。修行の身でも、女欲というのは心頭滅却することができないのだ。女欲というのは本能である。そのためになかなか無視することはできない。

衿から手を入れて乳房を摑む。胸元から甘い女の匂いが漂《ただよ》ってくる。湯に入って来たのだろう。乳房を摑んで揉みしだく。お品は鼻息を荒くした。そして、手を男の股間に伸ばしてきて下帯を解きはじめる。ためらいはなかった。懸命に一物を求めているのだ。

乳房は手に快かった。弾力があって柔らかい。乳首だけがしこって固い。この乳房の感触に恋焦《こ》がれることもあるのだ。乳房を揉みたいと思うときには、たいていない。

下帯が解けて一物《いちもつ》が飛び出した。それをお品の手がしっかりと握った。一物は怒張している。一物を握ってお品は呻《うめ》き声をあげた。男の下になった足をたぐり寄せて腿の間に挟みつける。そして男の腿を強く締めつけてくる。しきりにせつながっているのだ。女は股間に何かを挟みたがるものらしい。

4

翌日から京洛へ出た。武蔵の挑戦を受けるのは憲法だろう。憲法がどういう男かを知らなければならない。

西洞院の吉岡兵法所を見た。兵法所らしくがっしりとした構えの古い建物であった。門弟千人という。京唯一の兵法所だろう。もちろん千人が一度に集まるわけではない。弟子というだけでほとんど稽古に来ない者も多いのだろう。

武蔵も旅をしながら多くの道場を見てきた。だがこれほどの大きな構えの道場は珍しい。永《なが》い間、この兵法所を保ってきたのだから、道場主はそれだけの伎倆の持ち主だろう。

武蔵は、兵法所の門の見えるあたりに長い間立っていた。門弟が出入りする。流行《はや》っている道場であることはわかる。屋敷そのものに活気がある。住む人が消沈していれば、家もそのように見えるものだ。

吉岡兵法所で負けて追い出された武芸者に会えれば、兵法所のことがわかるかもしれないと考えた。近所を聞いて回った。武蔵は武芸者の身なりである。八百屋《やおや》で、三条大橋の下に何人かの乞食《こじき》がいる、その中の一人がたしか、兵法所で打たれた兵法者だったという。

武蔵は、三条大橋に足を向けた。三条大橋は東海道《とうかいどう》からの入口である。人の往来も多い。橋のたもとに来た。そして道を探して下に降りる。

だが、橋下には人影はなかった。浮浪者の巣みたいなものはある。なるほど浮浪者も昼間は稼ぎどきなのだ。橋まで上がった。橋の詰りや橋の上に浮浪者が坐っている。そして、念仏のように、

「ご報謝、ご報謝」

と唱《とな》えている。憐《あわ》れに思い、銭を笊《ざる》の中に入れる者もいるようだ。武蔵は一人一人に鉄銭を一枚ずつ入れながら聞いて回った。そして十数人目にそれと思える乞食に当たった。

「それを聞いてどうする」

「わしもあんたと同じように吉岡に挑む。それで吉岡のことを少し聞きたいのだ」

「やめておけ」

「聞かしてくれ。あんたが立ち合ったのは憲法か、又七郎か」

「又七郎だったな」

乞食は立ち上がった。笊の中に小粒を入れた。彼は大橋西詰めから河原へ降りた。そして河原の砂利の上に坐る。武蔵もそのそばに坐った。

「名を聞かしてくれぬか、わしは宮本武蔵という」

「権三郎《ごんざぶろう》と覚えておいてもらおう」

権三郎は右肩の骨を砕かれた。それ以来右腕が動かぬという。

「語っても仕方がないが、おぬしが知りたいとあれば喋ってもよい。金ももらったことだしな。宮本さんか、兵法所には行かぬほうがよい。わしのようになるのがおちだ」

「剣を使う者はいずれはそうなる。その覚悟はできている。及ばなくても、おのれの伎倆を試してみたいと思うものだ。権三郎さんもそういう気があって挑んだのであろうが」

「言われてみればそうだな。憲法か又七郎を叩きのめして、名を上げようと思ったさ。わしは念流を使う。自分でもかなり使うと思うていた。なにが吉岡だ、と思った。だのに及ばなかった。わしはわしを笑った。使い手だったつもりが、あっさり打たれてしまった。おのれの伎倆がわかったと言うわけだ」

武蔵は黙って聞いていた。聞きたいところだけ聞こうと思っても、そうまくはいかない。権三郎の無駄《むだ》話も聞いてやらなければならない。権三郎は相模《さがみ》の生まれだと言っていた。いまはすでに三十になっているだろう。

「わしだって、ただ吉岡に挑んだわけではない。調べたさ。敵を知りおのれを知れば、百戦してあやうからずという。敵を知った。だがわしはおのれを知らなかったということかな。もちろん、わしは勝てると思って兵法所に乗り込んだ。いまは道場をやっているのは又七郎だ。兄の憲法のほうは、このところ一年ほどは道場に出ないそうだ。六条三筋町に通っている」

「六条三筋町とは」

「遊廓さ。女郎買いだよ。酒と女さ。金はあるだろうからな」

「店はどこだ」

「三笠屋《みかさ》と言ったな、わしは三日ほど三笠屋を見張っていた。そしてようやく憲法という男に会った。会ったのではないな。わしが見たというだけだ」

「どんな男だ」

「二十七、八かな、ずんぐりとした男だ。白い肌でな、豚のようだ。これが武芸者かと思うほどだった。優男《やさおとこ》でな、どこかの大店《おおだな》の若旦那という感じだった。あんな男でよく吉岡兵法所が保《も》っているな、と思ったものだ。だが、兵法所を継いで憲法を名乗っているのだからそれだけのものがあるのだろうな、と思った」

「又七郎のほうは」

「これは背も高く、筋肉は締まっていて、いかにも武芸者という男だ。背丈は、五尺七寸（一七一センチ）かな。腰がしなやかでばねがあった。わしが打つ木刀はことごとく受けられ、又七郎の打つ木刀を受けられなかったということだ。この肩を砕かれた。頭だったら死んでいたな。死んでいたほうがましだった。武芸者が右手が動かなければただの人だ。ただの人にもなれぬな。このような有様《ありさま》だ」

「しかし、鍛えた体がある。左手があるではないか、何かにはなれる」

「何か、とはごろつきか」

「ごろつきでも野盗でもよい。そのみすぼらしい形《なり》よりもいいだろう。ごろつきでも野盗でも、生き甲斐《がい》みたいなものは出てくるだろう」

「あんたは妙なことを言うな。わしにごろつきになれと言うのか」

「左腕があれば、刀だって使える」

「駄目だ。左手では刀はあつかえぬ」

「左腕に筋肉をつければよいではないか。悪党でもよい、生きられればな。もっとも誰かに斬られることになるかもしれんが、ごろつきとして野盗として生きられる。運がよければ金を摑んで生きのびられるかもしれん」

「あんたのように言われたのははじめてだ。ふつうは、人に迷惑をかけないように生きよと」

「親に教わったか。人はきれいには生きられない。きれいに生きようと思っては、道がなくなってしまう。商人は儲けようと人を欺《だま》す。この世で誰がきれいに生きているというのだ。汚れねばならん。あんたは表は汚れすぎている。だが心の中はきれいだ。だから生きにくい。表はきれいにしなければならん。辻斬りでも盗人でもいい。身なりをきちんとしていれば、人は信用する。腹の中がどれほど汚れていてもだ。腹の中は人には見えはせん。妙な説教をしてしまったな」

「宮本さん、あんたは辻斬りをやったことがあるか」

「ある。斬り取り強盗武士の倣《なら》いだ。飯が食えず、餓死するくらいなら、おのれを助けたい。他人の命とおのれの命がある。とすると、他人を殺してでもおのれを生かしたい。それが道理ではないか。おのれの道理は他人にとっても道理だ。おのれを生かすために死んだ人は成仏《じょうぶつ》するはずだ」

「奇妙な考え方だな」

「生きやすいように考える。これが人の生き方だ。もちろん、きれいなまま生きられればそれに越したことはないがな。世の中というのはそんなにうまくいくものではない。左腕を鍛えたほうがよいな」

「あんたにそう言われると、何となく力が出て来るな。もう一つあった。吉岡憲法は魂放《たまばな》れがするそうだ」

「魂放れとは」

「夜中に憲法はふらふらと京の町を、魂のないもののように歩き回るそうだ」

「あんたは見たのか」

「見はしないが、そういう噂だ」

「噂か」

と呟《つぶや》いた。火のないところには煙は立たないという。噂の火とは何なのか。武蔵は不安になった。白豚のような男、それが兵法所を背負っている。かつて立ち合った剣士の中には、このような男はいなかった。又七郎のほうは、剣客《けんかく》らしい男ということで、だいたいわかったような気持ちになった。

「悪党になれよ」

と言って立ち上がった。

「かたじけなかった」

と権三郎は言った。

砂利を歩いて地上への道を登る。橋詰めに上がったところで、一人の男と目が合った。浪人は武蔵をじっと見ていた。その目つきには敵意があった。右側にも左側にも同じような浪人がいた。

三人だけではないだろう。橋の上にもいた。これで四人だ。何人いるのかわからない。四人が動こうとしたとき、わきの細い路地に走り込んだ。一間（一・八メートル）巾《はば》の道である。走りながら刀を抜いた。幸い路地には敵はいなかった。左右には小さな家が並んでいた。

敵はこの道に誘い込むつもりだったのか。路地には興味がなかったのか。どっちにしろ走り込むしかなかった。浪人たちは追って来る。

刀を横へ薙《な》げば剣尖《けんせん》が家の表戸か柱に斬りつけることになる。もちろん敵も同じだ。敵は一列につながって走って来る。二人並んでは走れないのだ。よい場所に来たと思った。これで一対一の勝負と変わらなくなる。

京に来るまで、道中、道場があれば道場に挑んだ。武者修行と思えば勝負を仕掛けた。何人斬ったろう、と思う。斬れば恨みを買うことになる。尋常《じんじょう》の勝負でも相手を恨む。武者修行とは恨みを買うことでもある。斬った者の身内や一門の者たちに狙《ねら》われることになる。これもまた武者修行なのだ。

足を止めて振り向いた。先頭の浪人は刀を上段に振り上げていた。充分に間合いに入っている。そのまま斬りつけてくる。武蔵は足を使って体を左に移動させた。刃《やいば》は胸のあたりを掠《かす》めた。

相手は、そこにいる武蔵を斬ったつもりだった。幻影を斬ったのだ。もちろん、思いきり斬り下げたのだから、空を斬って、シマッタと思って踏みとどまろうとするのだが、止まれない。

前に泳いでいく。その背中に刃を叩きつけた。体を丸めているから、着物は引っぱられている。まず先に着物がパッと口を開いた。そして肉が開いていく。次に見えたのは白い肉だった。それが口を開き、背骨が見えた。左右に両断されている。肉の下に臓物が見えた。肺から生臭い空気が洩《も》れる。その下に心臓が動いているのが見えた。まるでふいごのように動いている。ドッドッドッと、心臓が体の中で転がっているようだ。やがてゆっくりと血が広がって赤くなる。

　浪人はバッタリ前に倒れた。両手がヒクヒクと動いていたが、足は動かない。

　二人目が刀を水平に薙いで来た。剣尖が板塀に食い込んだ。浪人は目を剝《む》いた。その右手首を切断してやる。右手首が腕を離れて刀柄《つか》にぶら下がったおのれの手首を睨《にら》んでいた。右手首を失ったまま、左手で刀を振る。空振りさせておいて八双《はっそう》から左肩を斬り下げる。刃の軌道は心臓を狙った。

　一尺あまりも斬り下げて、武蔵は一歩を退《ひ》いた。胸から血が噴出する。その血を避けた。返り血は浴びたくなかったのだ。血の水流はすぐに弱くなり、流れに変わる。

　三人目が二人の死体を跳《と》んだ。地面に着いたとき、血を踏んで滑った。そいつが転がる。転がった者は斬りにくい。立ち上がるのを待った。あわてて立ち上がって刀を振りかぶる。武蔵は水平に腹を裂《さ》いた。薙ぎ終わったときに剣尖は板塀をわずかに削《けず》っていた。刀はあたりの広さを考えて振るものだ。

まだ、あとに三人残っていた。六人いたことになる。腹を裂かれた浪人は、また刀を振りかぶった。武蔵は一歩二歩と退いた。着物の腹のあたりに、奇妙なものがはみ出していた。

それがずるりと滑り出てくる。そしてそれが前垂れのようになった。それでもよろめきながら武蔵に斬りつけて来る。武蔵は間合いを外した。振り下ろした浪人の剣尖は地面を削る。次に横へ薙いだ。体がひねられた。はみ出した内臓が揺れた。内臓は妙に白い色をしていた。それが濡れてテカテカと光っている。

浪人はその内臓を手で引きちぎった。腹の中は空っぽになったようだ。それでもよろよろと歩み寄って来る。内臓を引きちぎった手では刀は握れない。手がぬめっているからだ。

武蔵は背を向けて歩き出す。

「卑怯《ひきょう》なり、逃げる気か」

と叫ぶ。声は力がなく妙に枯れていた。顔は土色になっている。すでに死んでいるのに歩いているのだ。その浪人の後ろに三人の浪人がついて来ている。前には出られないのだ。

後ろにいる者が浪人の背中を押した。浪人はバタリと前に倒れた。四人目がその背中を踏んだ。乗り越えて来たのはいいが、倒れた浪人の刀を踏んだ。足を削《そ》がれて、ギャッ、と声をあげた。

そのとき、武蔵は左肩を雁金《かりがね》に斬り下げた。刃は腹のあたりで抜けた。そいつはよろめいた。肩が離れた。濡れ紙を剝《は》がすように、左腕をつけた左半身が剝がれていく。血はすぐには出ない。じわりと出て来る。肉は白く左肺は桃色に見えた。臓器というのは桃色をしているものらしい。きれいな桃色だった。それがやがては真っ赤に染まっていくのだ。

浪人は右によろめいて玄関の格子戸《こうし》にぶつかり、格子戸が音を立てて折れ破れる。内から、キャーッ！　と女の悲鳴を聞いた。

五人目が刀を正眼《せいがん》に構えて間を詰めて来る。浪人六人ともそれなりの使い手だった。おそらく武蔵がかつて斬った剣士の門弟たちなのだろう。

武蔵は上段から振り下ろした。間合いには入っていなかった。振り下ろしながら間合いに入る。一歩踏み込む。そしてそのましゃがみ込み、向こう脛《づね》を払った。

浪人はギャッと叫んで飛び上がった。人体で一番痛いところである。飛び上がったところを上段から斬り下げた。雁金である。そのまま浪人は転んだ。

六人目がいた。だが、その浪人は動かなかった。五人が武蔵に斬られて死んだことを報《しら》せなければならないし、五人を葬《ほうむ》らなければならないのだ。

二章　剣の極意《ごくい》

1

天正《てんしょう》十二年（一五八四）の三月に、徳川家康《とくがわいえやす》が織田信長《おだのぶなが》の一子信雄《のぶかつ》をたすけて、豊臣秀吉の軍と小牧山《こまき》に対峙《たいじ》した。小牧山の戦いである。この年に武蔵は生まれている。同年四月には長久手《ながくて》で池田勝入斎信輝《いけだしょうにゅうさいのぶてる》の軍を家康の軍が撃破して、その後、両雄の講和が成立、秀吉は関白《かんぱく》の位について天下を握り、天正十八年（一五九〇）の小田原北条《おだわらほうじょう》の降伏で、名実ともに秀吉の政権が成立した。このとき武蔵は七歳になっていた。

武蔵が生まれた所は、美作《みまさか》（岡山県）と播磨《はりま》（兵庫県）の国境にある鎌坂峠《かまさか》の、美作側の登り口である宮本村である。

父平田無二《ひらたむに》は北方にそびえる竹山《たけやま》城主新免伊賀守宗貫《しんめんいがのかみむねつら》の重臣で、主君の娘を妻としていて、無二は新免の名を許されている。だが、武蔵はこの新免家の姫の子ではない。無二は後妻を迎えた。その後妻の連れ子だったという。つまり無二とは血がつながっていなかった。

無二は新免家の重臣であり、武芸の師範も兼ねていた。武蔵のそのころの名は弁之助《べんのすけ》である。

弁之助は、道場によく出入りしていて、門弟たちの稽古を見て育った。そして木刀を手にしたのは四歳のときだったという。遊び半分に門弟たちが剣術を教えた。門弟たちがいやになるほど弁之助は熱心だったという。

すでに五、六歳から剣の名人を目ざしていたと考えられる。新免家の姫の子であれば、なにも剣術に熱中することはなかった。それなりの暮らしはできたはずだ。弁之助は自分で自分の人生を築いていかなければならなかった。

弁之助の母を後妻に迎えたとき、平田無二は五十歳に近かった。父子の情愛などあるわけはなかったのだ。あるいは、弁之助は老いた父に反撥していたようだ。

母が無二の後妻になってからは、道場へも自由に出入りできるようになったし、門弟たちも以前と違って本気で教えてくれるようになった。

弁之助が新免宗貫の娘の子でなかったことは、のちの関《せき》ケ原《はら》の合戦で証明されている。新免伊賀守は、関ケ原のとき宇喜多秀家《うきたひでいえ》の武将の一人として出陣している。弁之助はこの新免の陣に行って、働かせてほしいと頼んだ。そのとき足軽《あしがる》として雇われたのだ。娘の子だったら、新免の孫に当たる。重く用いられて当然だ。新免宗貫は弁之助が好きではなかったようだ。あるいは無二の子としても認めていなかったのだろう。

弁之助は、自分で生きていかなければならないことを知っていた。ちょうどそのころ、美作の一瀬《いちのせ》城に、竹内中務《たけうちなかつかさ》が、宇喜多秀家の父直家《なおいえ》に破られて、竹山城の新免家に来ていた。

竹内家は当時有名な武道の名門で、『竹内流腰廻り』の名で知られていた。竹内流は古流で江戸時代、江戸に道場があったが、あまり流行《はや》らなかった。古流は武芸十八般をやる。〝腰廻り〟は柔術の手である。もちろん剣術もやった。

弁之助は、この竹内流も学んだという。また村の寺の僧が剣術をやっていて、これにも教えられたようだ。

弁之助は一人山に入った。子供の仲間もいたことだろう。山の中を走り回った。必要以上にだ。剣術を使うには足と腰が大事であることを知っていた。木刀を手にして山の木々を叩いてまわる。

沼に入って泳ぐ、木にも猿のように登る。木刀を腰に差して枝から枝に渡る。まさに猿であった。そして跳躍した。もちろん体を動かすだけではなかった。手習いもした。

そのころ読み書きは寺の坊主が教えていた。その坊主が剣を教えた。まず、木刀を振る筋肉をつけることだった。手習い半分、剣術半分だった。

十歳を過ぎたころから無二の道場には行かなくなった。門弟に打ち勝つのがいやだったのだ。坊主は弁之助の天性を認めた。上達は目に見えてきた。ふつうの者なら三年かかるところを半年で身につけた。

坊主は円覚《えんかく》と言った。当時は神官や僧が武術をやったのだ。鹿島《かしま》や香取《かとり》の剣は神官からはじまったのだ。

円覚は木刀で弁之助と渡り合う。弁之助の木刀は迅速だった。体がしなやかで関節が柔らかだった。

「弁之助、おまえは剣術家になるのか」

「それより生きる方法はないでしょう」

「剣術というのは、人を殺す術ぞ。おまえに人を殺せるか」

「殺せます。生きていかなければなりません」

「剣術者として生きるのは厳しいぞ」

「覚悟しています」

「剣術者はむごくならなければならん。情をかければ、おのれが殺されることになる。僧の修行も厳しいが、剣術者はもっと厳しい。残心という言葉を知っているか」

「師に教わりました。相手を斬っても油断するなと」

「首を刎《は》ねても、その首が咬《か》みついて来るかもしれんということだ。できるだけ、おのれをむごくせよ。人に心を許すな、人に心を許させよ。人を信ずるな、わしとて同じ人だ」

弁之助、十三歳のときである。このとき弁之助は、背丈が五尺五寸（一六五センチ）あったという。円覚は六十三歳になっていた。もちろん、弁之助は、まだ円覚には遠く及ばなかった。

円覚は、弁之助と木刀で打ち合っても、肌に触れる寸前にピタリと止める。みごとであった。

「弁之助よ、わしの真似《まね》をするな。剣は木刀使いとは違うぞ。木刀使いに馴《な》れると、斬る瞬間にためらいが生ずる。肌の寸前で木刀を止めるような試合はするな。打ち砕け」

円覚はもちろん、読み書きも教えた。それ以上に剣術に熱心だった。

「この世を生きていくには、芸を身につけねばならん。おまえは武芸だ。武芸でおまえは生きていけ。生きていくには、負ければそこで終わりだ。必ず勝て、勝てる相手とやれ。勝てると自信を持ったときに挑め。どうしたら勝てるかを考えることだ。勝つためには、勝つための頭を使え。きれいに勝つと思うな、卑怯《ひきよう》とか未練と言われようと、そんなことは気にするな。つまり遠慮することはよせ。果たし合いにおのれを賭けるな、無駄なことだ。斬り合ってみなければ勝てるかどうかわからん相手とは斬り合うな。勝てると思った相手でも負けることはある。それを仕方ないと諦《あきら》めるな。諦めはそのまま死だ。死んでは武芸者ではない。武芸者はどこまでも生きることだ。勝てぬと思ったら逃げ出せ。逃げることも芸のうちだ」

弁之助は、黙って円覚の教えを聞いていた。他の教えとはかなり違っていた。逃げること一つとっても、逃げるは卑怯という。戦場では逃げることを許さない。逃げる者は斬り捨てる、ということもある。逃げるのは卑怯だということが頭の中にあれば、逃げられず、その場で斬死することになる。生きのびることこそ第一である。むざむざ斬られることはない。卑怯といわれようと逃げる。

つまり、心を自由に持て、ということだろう。きれいに生きようと思うなということにも通じる。人が生きていくことは、汚れていくことでもある。無垢《むく》ということはあり得ないのだ。汚れることは恥ではない。もっとも汚れ方にもさまざまある。その判断は自分でするよりない。

「弁之助、人を殺してみぬか」

「人を殺すのですか」

「剣で生きようと思うのであれば、人を殺さねばならない。人を殺せなければ剣では生きられぬぞ。人を殺さぬ剣というのはあり得ない。人を殺していれば剣というのもわかってくる。剣術とは人を殺す術である。きれいごとを言うていては人は殺せぬ」

坊主が人を殺せという。妙なことだった。ただ剣術の稽古をするだけでは、人は斬れないのだ。

「ちょうど殺すにはよい相手がいる。大原《おおはら》村に剣客が来ている。村の広場に看板を掲《かか》げている。これらの者は殺してよい人間である。おのれに及ぶ者はないという慢心がある。他流試合を望む者は、当然、おのれの死は覚悟しているはずだ」

弁之助は、唸《うな》った。相手は看板を掲げて街道を歩く剣客である。誰から挑まれても受けて立たなければならない。そのために打ち合いには馴れている。

円覚は、はじめに剣客と戦えという。無茶なことだ。

「相手は新当《しんとう》流の有馬喜兵衛《ありまきへえ》という。おまえには軽い相手だ」

「軽い相手ですか」

「剣術は剣のみにあらず。堂々と斬り合うとは思うな。まず、相手の腹の中を読め、ほとんどはそれで決する。昨日だったか、わしは有馬喜兵衛に会った。剣はできるかもしれんが、頭はよさそうではなかった。剣には策というものがある。弁之助の伎倆《ぎりよう》ならば、喜兵衛は打てる。どうだ、やってみるか。無理には勧《すす》めんが、山は乗り越えねばならぬ、壁は突き破らなければならん。迷いは禁物じゃ。おまえも四歳から九年も剣を学んできた。喜兵衛くらいを打ち殺せなくてどうする。おまえは一流の剣士になるのだ。喜兵衛は二流、あるいは三流の剣士だ。おまえに叩き殺されて当然の男だ」

勝てましょうか、とは言えない。円覚は勝つと言っている。

「これより走って行って、喜兵衛の看板に墨を塗って来い。看板に太々と〝弁之助〟と書いて来い。それだけでよい」

和尚《おしょう》は彼の手に矢立てを握らせた。弁之助は、山寺を駆け下りて行った。

2

弁之助は、大原村に走った。夏には盆踊りなどをする広場である。何かあると村長《むらおさ》が村人を集める所でもある。

そこに看板が立っていた。望みの者とは試合を致《いた》す、と書いてある。その看板に、筆にたっぷりと墨を含ませて、〝弁之助〟と書いた。文字がかすれると、文字の上をなぞった。

弁之助といえば、この土地では知らぬ者はなかった。十三歳にして背丈は五尺五寸ほどもあり、大人たちとたいして変わらない。剣術の稽古もやっている。だが、たかが餓鬼《がき》である。体つきはまだ子供だった。

有馬喜兵衛は、三十過ぎとみえる体のごつい男だった。いわば旅芸人である。このような旅芸人を村長の家では泊める。飯を与える。武芸者だからではない。渡り歩いているためにさまざまなことが耳に入っている。また見たものもある。

それらのことを村長に語って聞かせるのだ。村長としても、各地の情報を得たい。そのために泊めるのだ。泊めて食わせるのは語り代でもあったのだ。

村長の下男が、看板の弁之助の文字を見た。それを村長と喜兵衛に伝える。喜兵衛は屋敷を飛び出して来た。そして看板のところに来てみると、黒々と弁之助と書いてある。

「弁之助とは何者ぞ」

と叫んだ。

「この村の悪餓鬼です。悪戯《いたずら》でございましょう」

「子供か」

「十三歳になります」

「だが、悪戯だとしても、わしの看板が汚された。ただではすまさんぞ」

と怒る。

「子供に悪戯されて黙って去ったとあっては、有馬喜兵衛の名がすたる。その弁之助とやらをここへ連れて来い。詫《わ》びのしかたによっては許してやってもよい」

と息まく。下男は屋敷へもどって村長に告げる。村長は困ったなと呟《つぶや》く。村役人を寺に使いにやった。村長の屋敷まで弁之助が来て、有馬喜兵衛に詫びを入れるようにと。ところが円覚和尚は笑った。

「弁之助に問いただしたところ、やると言っている」

「子供がいかにわんぱくとて、有馬喜兵衛に勝てるわけがない。詫びねばどうなるかわからんぞ」

「腕の一本、足の一本くらいはしかたなかろう。生涯不具になっても、自分が招いたことだ。それに弁之助が負けるとは限るまい」

「なにを馬鹿な、相手は剣客だ。勝てるわけがない」

「勝てるわけがない？　弁之助が勝ったらどうする。一両を賭けるか」

坊主のくせに賭けるかと言う。

「弁之助が不具になっても知らんぞ」

「試合は、明朝明け六ツ（午前六時）とする。竹矢来《たけやらい》を組んでいただこうか、見物人も多かろうしな。村長にそう言うてくだされ」

村役人たちは山を下った。そして村長に告げた。村長は宗右衛門《そうえもん》という。

「円覚和尚がそう言うたか。こいつは面白《おもしろ》いことになるかもしれんな。明け六ツか、ならば今日のうちに竹矢来を組まなければならんな。村の人々にそう言うてくだされ」

と宗右衛門は言った。宗右衛門は円覚和尚を信用している。むざむざ負けるものならば弁之助を向かわせはすまい。円覚和尚に策があるものらしい。

宗右衛門は喜兵衛を泊めてある部屋に行き、

「弁之助は、先生と立ち合うそうだ」

「なにっ」

と喜兵衛は眉《まゆ》をひそめた。

「軽くあしらってやりなされ、十三歳の子供だ。先生には、立ち合うというほどのことではありますまいが、これも余興でございます。明日の明け六ッだそうでございますから。いま竹矢来を組ませております。村人も多く集まることでございましょう。弁之助にそこで詫びさせれば先生の顔も立ちましょう」

「心得た」

と喜兵衛は言った。

話はパッと拡がった。新免家の家来たちも耳にした。平田無二も使用人から聞いて眉をひそめた。無二は弁之助という子供が好きではなかった。腕白で暴れん坊だった。後妻の連れ子だから、ときにはやさしい言葉もかけてやろうと思うこともあったが、無二をジーッと見ていることがあった。どこか薄気味の悪い餓鬼だった。

弁之助の母はよい女だった。夜ごと抱いて寝る。母を抱いていて、ジーッと見つめる弁之助を思い浮かべることがあるのだ。そういうときには弁之助に腹を立てた。

無二が竹細工をしているとき、弁之助がからかった。無二はカッとなって手の小刀を投げつけた。弁之助はそれをひょいと躱《かわ》して逃げ去った。

平田無二は新免無二斎《むにさい》として剣名を馳《は》せたときもあった。一流の剣士としても名を知られていたのだ。十手《じって》術もよくやり、一流であったという。

弁之助はいま十三歳だが、どこかませていた。無二は、あるいは、と呟いたものだ。もちろん弁之助がどれくらいの腕であるかは知らない。

弁之助の住まいは、無二の屋敷だがほとんど家にはいなかった。山寺に泊まっていたのだ。あるいは無二が弁之助の母を抱いているところを覗《のぞ》き見したのかもしれない。無二に抱かれて悶《もだ》える母を見ていて、弁之助は何を考えたろうか。男も十歳になれば、男と女のまぐわいというものがわかってくる。

有馬喜兵衛は、困った、と思った。十三歳の子供が挑んで来るとは思っていなかった。看板を汚されたとき、子供の悪戯と笑いとばせばよかったのか。笑いとばせば、それで済んだのか。そうではあるまい。

弁之助という子供の意志を感じるのだ。子供だからといってなめてかかると、おのれがやられることになるかもしれない。と言って、叩き殺すわけにはいかない。

村長の宗右衛門が言ったように、大勢の見物人が集まるだろう。そういう見物人の目前で弁之助を打ち殺すわけにはいかない。子供を打ち殺したとあっては、武芸者としての恥になる。

看板を掲げて村々を歩き回ることができなくなる。そうすると屋根のあるところで眠れなくなるし、飯も食えなくなる。そうなれば一大事だ。

弁之助という餓鬼、少しは剣ができればいいと思う。十三歳ならばあるいは剣を使えるかもしれない。そうすれば、はじめは弁之助に打ち込ませておいて、それを受け払う。村の見物人も少しはたのしむだろう。そのあとで軽く打ってやれば、誰も文句は言わない。やっぱりな、と納得するだろう。

そこで弁之助を褒《ほ》めあげてやればよい。さすれば喜兵衛の面目《めんぼく》も保てるというわけだ。

「それがよい」

と呟いた。

このあたりは新免伊賀守の領地である。新免家の侍が挑戦して来るかと思ったが、あてが外れた。喜兵衛はこのような旅を二年ほども続けてきている。二十数回立ち合ったが、いまだ負けたことがない。

武芸者というのは同じ芸者でも、遊芸のたぐいとは違っていた。どのような相手が出て来るかわからないのだ。相手がおのれより弱いとは限らない。もしかしたら強いかもしれない。そうなると打たれて死ぬかもしれないのだ。

だが、喜兵衛は身すぎ世すぎはこれより他に持っていないのだ。看板を掲げて、村長か長者の家に泊めてもらう。そして旅を続ける。できるだけ田舎を回る。大きな城下町では、強いのが出て来る。強いのが出て来たとき、尻尾《しっぽ》を巻いて逃げ出すわけにはいかないのだ。

だが、弁之助のような子供も困るのだ。叩き殺すわけにはいかない。もっとも喜兵衛は子供を相手にするのははじめてだ。

弁之助は、寺の奥の部屋で夜具に入って考えていた。相手は新当流の使い手だ。それなりの使い手だろう。でなければ看板など出すわけはない。

弁之助は九年間、剣を学んできた。剣士として生きるためだ。自分のために自分だけで生きていかなければならない。男の子である。自分で生きられるはずだ。

もちろん、生きていく道は厳しい。どこで斬られて果てるかもしれない。円覚和尚は生きのびよ、と言った。生きのびるということは、相手に勝つということだ。負けるということは即ち死である。

勝つためには、勝つための作戦を考えなければならない。弁之助は有馬喜兵衛を叩き殺すつもりでいる。

相手は剣客である。叩き殺すのには策がなければならない。剣の技倆より先に、作戦がなければならないのだ。

弁之助は、十三歳の子供である。喜兵衛はそう思っている。剣の技倆は円覚和尚が知っているだけである。義父の平田無二さえ知らないことだ。

剣の基礎は無二の門弟に教えられ、山で一人練ってきた。そして円覚に学んだ。円覚が試しに有馬喜兵衛を殺してみよと言った。円覚は、弁之助が喜兵衛を殺せると思い込んでいる。

円覚がそう思っているのなら間違いないだろう、と思ってみる。剣客として生きるのには人を殺さねばならない。殺すことに馴れなければならないのだ。円覚はそう言っている。殺すのにためらいがあってはならない。有馬喜兵衛は格好の餌《えさ》であったのだ。

喜兵衛はもちろん、そうは思っていない。村人たちの手前もある。軽くあしらうつもりでいる。何よりも人目が大事なのだ。

試合する前にそれだけの差がある。剣というのは軽くあしらうものではない。命がけのものである。命がけになってこそ道があるのだ。

明日は人を殺す。そう思っただけで、弁之助は眠れなかった。どのように殺すかは決めていた。有馬喜兵衛は第一の太刀を躱《かわ》せまい。それを考えていた。喜兵衛は自分からは打って来ない。弁之助に打たせておいて、と考えているだろう。充分に踏み込む。躱されたらどうしようとは考えなかった。

少しトロトロと眠った。眠っているところを和尚に起こされた。茶粥《ちゃがゆ》をすすり、夜明け前に寺を出た。寒くもないのにガタガタと震える。膝《ひざ》に力が入らなかった。手には三尺の木刀を持っていた。手慣れた木刀である。木刀で充分であったし、木刀でなければならなかった。

大原村に着くとまだ夜明け前というのに、竹矢来の前には地元の百姓たちが坐っていた。働く以外に何の楽しみもない人たちで、剣術の試合があると聞けば出かけて来るのだ。

和尚と共に竹矢来の中に入った。そして弁之助は地面に坐る。和尚も坐った。遠くで鐘《かね》の鳴る音がした。明け六ツなのだ。

あたりはすでに明るくなっていた。だが、有馬喜兵衛は姿を見せなかった。見物の百姓の数も多くなる。

弁之助は、うつらうつらと眠りはじめた。昨夜はほとんど眠らなかった。そばに和尚がいたので安心できたのだろう。豪胆というのではない。緊張しすぎると眠くなることがある。それにまだ子供だ。眠くなって当たり前だ。

和尚は何も言わなかった。すでにあれこれ言うこともなかったのだろう。打ち方についても言わなかった。すべては弁之助にまかせていた。とやかく言って迷わせないためである。

和尚が弁之助の肩を突ついた。目をさまして見ると、向こうから有馬喜兵衛が歩いて来るところだった。堂々たる武芸者だった。背丈は五尺八寸（一七四センチ）ほどあった。骨ばった体つきである。

竹矢来を入って、向こう側に立った。喜兵衛も三尺ほどの木刀を手にしていた。それをビュンと振ってみせた。空気を叩く音がした。

竹矢来の外がざわめいた。

喜兵衛が前に出て来た。中央に立って仁王《におう》立ちになった。

「小僧、出て来い」

と言われて、弁之助は木刀を持って立ち上がった。そして喜兵衛に歩み寄っていく。

「どこを打たれたいか」

「アタマ」

と言った。

「どこからでもよい、打ちかかって来い」

弁之助は間合いに入った。喜兵衛が木刀を構えた。弁之助はいきなり寝転んだ。そして木刀を振った。近すぎて喜兵衛は飛び退《の》けなかった。

アッ、と喜兵衛は飛び上がろうとしたが間に合わなかった。木刀は脛《すね》を打っていた。ギャッと叫んだ。次の瞬間、起き上がった弁之助は喜兵衛の頭を叩いた。

頭蓋骨が砕けた感触があった。

両眼が飛び出し頰のあたりにぶら下がった。勝負は一瞬で決まった。喜兵衛がよろめくところをまた頭を殴った。喜兵衛はバタンと朽木を倒すように倒れた。その頭をさらに叩いた。脳漿《のうしょう》が飛び出し、白いものが流れた。

弁之助は、喜兵衛を見ながら立ち上がった。残心を忘れていなかったのだ。

「むごい！」

という声が竹矢来の外から聞こえた。見ていた人たちも眉をひそめた。見物人は無責任である。立ち合いなのだからむごくて当たり前だ。

弁之助は、竹矢来の外へ出ると走った。逃げるようにだ。人影のないところまで来ると、そこにしゃがみ込んだ。

竹矢来の見物人たちはばらけていた。円覚和尚がゆっくり歩いて来る。

勝負は一瞬についた。喜兵衛は弁之助が足を狙ってくるとは予想してはいなかった。はじめから舐《な》めてかかっていた。足を払いに来るのを知って、あわてて飛び上がろうとした。間に合うわけはなかったのだ。間に合わなければ木刀で受けるべきだったのに、そこまで気が回らなかった。一瞬のことである。弁之助が寝転んでハッとなった。ハッとなったときには遅かった。

弁之助の寝転び方が早かった。ふつうの人が寝転んだのだなら、とっさに方法があったのだろうが、アッ、と思ったときには寝転び木刀が動いていた。

向こう脛は人体の中で一番痛いところである。喜兵衛は思わず叫び声をあげていた。次の瞬間には頭を砕かれていた。飛び出した目玉で弁之助を見ていたのかもしれない。

和尚は弁之助の背後を歩き去っていく。弁之助は唇を手甲《てっこう》で拭って和尚のあとを追った。

「和尚」

「あれでよい。あれでよかった。わしの思っていたとおりだ。あのむごさを忘れるな。試合というのはあんなものだ。二度、三度と頭を打ったのがよかった。やはり有馬喜兵衛には油断があったな。剣術には弱足《よわあし》というのがある。疲れ果ててふらふら歩く、腹を空かしてよろよろ歩く。それを見て相手は油断する。そこを打ちかかって勝つのが弱足である。よいか、剣術は欺《だま》し合いだ。まともに勝負しようと思うな。卑怯とか未練とか、そういうものははじめから捨てよ。尋常な勝負などないものと心得よ。おまえが剣客になるのでなかったら、人の殺し方など教えはせん。わしも坊主だからな」

と言って、円覚はくくっと笑った。

「どうだ、気分は」

「よくなりました」

「人は人を殺したとき一度は嘔吐《おうと》する。おまえはそれを済ましたことになる」

「はい」

喜兵衛を叩き殺したとき妙な気分だった。胸くそが悪くなった。喜兵衛の怨霊がついたことになる。つまり一つ汚れたことになるのだ。人はきれいなままでは生きられぬ、と円覚が言った。弁之助は、汚れるのが少し早かっただけだ。

3

弁之助は、村の子供たちとは遊ばなかった。子供たちには親があり家がある。日が暮れれば家に帰ることができるし、親に甘えられる。

弁之助には親がなかった。母親がいるが、これは平田無二のものである。母に甘えれば母が困ることになる。義理でも父平田無二がいる。だが無二に甘えたくはなかった。甘えていけば可愛がってくれたかもしれないが、血のつながらない父子である。自分から父親を捨てた。小さいころから無二に嫌われるようなことばかりした。

もともと無二は後妻の連れ子など可愛がる男ではなかった。彼に必要なのは後妻だけである。はじめから弁之助は無二にとっては邪魔者だった。

五、六歳のころから弁之助はそれを感じていた。五、六歳では飯を食うことはできない。それで母のところに行って飯だけは食わせてもらっていた。飯だけはよく食った。成長期だったのだ。

飯ばかり食いやがる、と無二に怒鳴られたこともよくあった。だが無二は弁之助には飯を食わすな、と言ったわけではない。

飯を食いながら、無二に嫌われることばかりした。無二に優しくされたくはなかったのだ。無二に嫌われなければ、生きてはいけないと思った。男は一人で生きていかなければならない、ということを自覚していた。

武術者になろうと思った。武術者として天下に名をなそうと考えた。あわよくば一国一城の主《あるじ》になろうと。弁之助の夢は膨《ふく》らんでいたのだ。

山の寺に入ったのは九歳のときだった。円覚和尚が引き受けてくれた。円覚は平田無二と交渉して、弁之助をもらい受けてくれた。無二もそれでせいせいしたことだろう。

昼間、暇なときには、円覚が剣を教えてくれた。円覚はどれくらい強いかわからないが、かなりの剣士だったはずだ。弁之助には仁王さまのように見えていた。

打ち込んでも打ち込んでも、受ける。払う。どうしてこのように受けられるのか払えるのか、わからなかった。

円覚の寺には三人の小坊主がいた。十五、六歳だが、この小坊主たちも剣術がうまかった。この小坊主たちも弁之助の相手になってくれた。

毎日が稽古だった。他にやることもないせいもあったが、稽古するのが好きでもあったのだ。円覚と小坊主たちに用があるときには、弁之助は山に入った。山には地霊があり木々の霊がある。その霊が身についてくるのだ。剣は足腰を鍛えなければならない。

斬り合いは命の奪い合いである。おのれの命を守るには、鍛えすぎということはない。山の中を犬のように走る。

人に見せるための剣ではない。だから巧《たく》みになることはなかった。動きを速くすることである。膂力《りよりよく》をつけると同時に、足腰の筋を強くした。和尚がそう教えたのだ。

あるとき、打ち合っていて、和尚に聞いた。

「どうして、そのように受けることができるのですか」

「ほんとうは受けてはならんのだ。刀の斬り合いで、受ければ刀が折れる。受ける癖はつけてはならんぞ。弁之助の太刀は受けずに躱さなければならんのだが、わしも老いた。思うように体が動かんのでな、それで受けている。これでは答えになっておらんか」

「そうです。どうして受けられるのですか」

弁之助の木刀もかなり迅《はや》くなっている。それを受けるのは苦労なはずだ。それなのに余裕を持って正確に受ける。

「まだ、弁之助には早いようだが、よく聞いておくがよい。いずれは弁之助にもわかるようになる」

「はい」

「わしには弁之助が、打つ前に見えている。どのように打ってくるかがだ。だから、いかに迅くても止められるのだ」

「どうしてです」

「姿だ。上段から来るとき、横薙《な》ぎに来るとき、あるいは突きにしても逆袈裟《ぎやくけさ》にしても、それぞれに姿形が違うのだ。木刀を上段に振りかぶる。その時に体がそのようになる。だからいかようにも反応できる」

「その形を知っていると、ずいぶんと便利ですね」

「これには馴れがある。相手の木刀を見ないで姿を眼で見る。相手が動き出したのを見てそれに反応するのでは遅い。間に合わないかもしれぬ。後《ご》の先《せん》ということがある。これは教えたな」

「はい、稽古しております」

「後の先は、相手が動き出したのを見て動く。上段に振りかぶったのを見て胴を抜く、寸秒の差である。後の先に刀を使えるのは極意のように思われている。だが、わしに言わせるとちゃんちゃらおかしい。たしかに後の先で胴は抜ける。かなりの達人である。敵の刃の下におのれの体を入れる。これでは拍子を間違えればおのれが斬られることになる」

「はい」

「達人がなぜこのように危険な技を使わなければならないのか。後の先でなくともいいはずだ。それなのに後の先を使おうとする。斬り合いのときは、おのれの身を危険にさらしてはいけないのだ。敵の体の動きを見る。刀を振り上げる前に上段にとることがわかる。するとどのようにも応じられる」

「むつかしいですね」

「だが、相手を姿形でわかるようになるまでは、斬り合いとは危《あやう》いものだ。一度や二度は、あるいは十度は後の先で勝てるかもしれない。だが拍子を間違えるということはよくあることだ。間違えたからと言って、待ったはできん。先《せん》の先《せん》ならばよい。相手が動き出す前に斬るのだからな。そして後《ご》の後《ご》もよい。見切りさえ充分にできればな。見切って躱せば、相手は隙だらけになる。いくらでも斬りようはある。無理に後の先で斬ろうと思うな」

「しかし、相手の姿形を見るとは？」

「まだ、教えてもわかるまい。教えられるものではない。自得するものだ。流派によっては、剣尖《けんせん》と柄《つか》を握った拳《こぶし》の二点を見ていよ、このどちらかが動かなければ相手は動けないのだと。これは嘘だ。剣尖と拳を見てそのどちらかが動いたときに、それに反応しては遅いのだ」

「和尚には見えるのですか」

「見えるな。見えなければおまえの木刀は受けられはせぬ。弁之助の太刀もかなり迅くなったのでな。よし、弁之助に刀を与えよう。今日からは、木刀をやめて刀にせい。刀の感触を体で覚えよ。木刀と刀では迅さがまるで違う。刀の素振りからはじめるがよい」

もらった刀を境内《けいだい》で振る。刀は思いの外、速かった。上段から振り下ろす。おのれの爪先《つまさき》を切りそうになって、あわてて跳《と》んだ。刀は木刀とはまったく違うように速い。その速さに自分で驚いた。

木刀は空気を叩く。だから唸《うな》り声を発する。刀は空気を裂く。もちろん弁之助には、空気を裂くときに刀が発する悲鳴をあげさせるにはまだ早すぎた。また刀には軌道があることを知った。刀柄の握り方によって軌道が変わってくる。軌道が狂うと、刀は妙な方向に流れてしまうのだ。

円覚が言うように、木刀と刀ではまるで違っていた。道場剣法が実際の斬り合いにはまったく役に立たないということもよくわかった。振り下ろした刀を途中で止めることからはじめなければならない。振り下ろした刀はなかなか止まってくれない。手首に力がなければならないのだ。

例えば刀を水平に薙ぐ。すると刀の重さに引きずられる。走る刀を止め、そして引きもどすのに、力がいるし呼吸がいる。上段から振り下ろす刀も、薙いだ刀も躱されると、体が泳いで隙を作ってしまう。おそらく隙だらけだろう。

その隙をどうやって消してしまうか、これがとりあえずの問題だった。体がのめり込むのを止めようと刀を振ると、刀に速度がなくなってしまう。

弁之助は刀を持って山に入る。そして振りまわす。それを繰《く》り返していると、木刀で作った筋肉とは別の筋肉ができてくる。

上段から振り下ろして水平でピタリと止める。これができるまでに三カ月かかった。左から右へ薙ぐ。薙いだ刀を止めるのもむつかしい。これは刀の流れに体を移動することで何とか解決した。

左から右へ薙ぐ。それを手もとまで引きもどすには、腕の力も要《い》るし、その間に隙も生じる。それで刀を引きもどさないで、刀のほうに自分の体を寄せる。これで隙がなくなる。

これらの稽古は、剣の使い方のほんの初歩であったのだ。木刀を使うだけの筋肉はすでにできている。刀を使う筋肉をつけるまでに半年かかった。

刀の抜き方もある。鞘《さや》の鯉口《こいぐち》が垂直だったら刀は上に抜かなければならない。これでは刀が抜けなくなる。刀身よりも腕のほうが短いのだ。それで鞘をひねる。すると鯉口が横になる。刀は水平に抜けるわけだ。

そういう基礎からやり直さなければならなかった。刀は抵抗なく抜かなければならない。寸秒の遅れでおのれが斬られることになるのだ。

刀術とは人を斬る術である。木刀とは本質的に違っている。

「弁之助、刀と木刀はどちらが有利か」

と円覚が聞いた。

「それは刀でしょう」

「そうではない。木刀だ。木刀は受け払いができる。刀で斬り込んで来たところを払う。するとたいていは刀が折れてしまう。木刀に比べると刀は折れやすい。それに木刀はやたら振り回せる。だが刀には刃筋というものがあって振り回せない。木刀は木だから刀ですぐに切り落とせそうだが、なかなか切り落とせるものではない。人が握っている木刀を切り落とせる剣客はおそらくいないだろう」

「木刀がそれほど有利だったら」

「と思うだろう。だが、おまえも知ったと思うが、木刀と刀ではまったく速さが違う。この迅《はや》さの点で刀は木刀に勝《まさ》るのだ。だが、相手が木刀のときには刀は抜くな。刀というのは折れやすいものだ。もっとも相手の木刀の一閃を躱せる自信があったら、刀もよい」

円覚は夜でも暇があると、剣法問答をした。円覚は教え、あるいは弁之助が質すると答える。禅問答のようにややこしいものではない。実戦の解答である。

円覚はじつによく知っていた。むかしはさぞかし名のある剣客だったのに違いない。

4

十四歳の春になって、弁之助は旅に出ることにした。俗に言う武者修行である。武者修行とはただ剣を磨くことだけではないのだ。第一に生きねばならない。どのように生きていくかが題材である。剣は第二義である。

もちろん生き方も自分で考えなければならない。はじめのうちはまだ路銀《ろぎん》がある。それがなくなったときにどうするかだ。

弁之助が叩き殺した有馬喜兵衛は、村々に看板を立てることによって長者が泊めてくれて飯も食わしてくれた。喜兵衛はこういう旅を続けていた。これも武者修行なのだ。

旅立ちの用意は、平田無二がしてくれた。旅装と刀である。弁之助は両刀を差した。その刀の重いこと、刀がこれほど重いとは知らなかった。

女は十三、四で嫁に行く。男は十四で旅に出るのだ。すでに大人としてあつかわれる。このとき弁之助は、背丈は五尺七寸（一七一センチ）あった。大人よりも大きい。足腰は鍛えてあるからしっかりとしている。

弁之助は、名を平田無三四と名乗った。無二の一字をもらったのだ。のちに宮本村の生まれだから宮本無三四《むさし》とした。無三四では面白くないので武蔵とした。

このころ徳川家康が江戸に落ち着いていた。江戸は武蔵の国だった。江戸が日本の中心となる。それで武蔵と名乗る者は多かった。

無三四には誰も見送り人はいなかった。円覚も見送らなかったのだ。一人で旅立った。これまでも生きるのに厳しかった。だが、一人世の中に放り出されて生きねばならない。厳しさはさらに深いものになる。

彼は鎌坂峠《かまさか》に立った。美作《みまさか》と播磨《はりま》の国境である。二つの国が見渡せる場所でもある。峠には茶屋があった。茶屋のそばに大きな欅《けやき》の木があった。このときすでに四、五百年は経っている大欅である。

あたりは山また山である。弁之助が走り回った山でもある。大欅の根元に坐って流れる雲を見ていた。胸の中は半分は不安である。どうやって食っていったらいいかだ。誰も助けてくれる者はいない、一人ぼっちである。

だが、あとの半分には希望があった。剣で一国一城の主になる時代は過ぎていた。豊臣秀吉が、この年慶長三年（一五九八）八月に死ぬ。六十三歳だった。

これからは徳川家康の時代になる。だがそれまでにはまだ合戦があるだろう。だが、すでに戦国時代は終わろうとしている。そして剣術も変わる。鎧《よろい》時代から素肌剣法になるのだ。

鎧を着ていたころは、刀は役には立たなかった。鎧は刀では切れないのだ。それが鎧を着ない時代になっていく。刀術が役に立つ時代になる。

「弁之助」

と言って、茶屋の老婆が串団子を持って来てくれた。山で走り回っていたころ、この峠の茶屋にも姿を見せ、老婆とは顔見知りだった。

「土地が変われば水が変わる。水だけには用心するんだよ」

と老婆が言う。

無三四は山を下りて姫路《ひめじ》に向かった。

姫路城は豊臣秀吉が造ったものである。秀吉はそこに木下家定《いえさだ》を置いた。このころは二万二千石の城下町だった。家定は秀吉の北政所《きたのまんどころ》の兄で、小早川秀秋《こばやかわひであき》の実父でもある。

秀吉が死んだのは、無三四が姫路に来て、四カ月後ということになる。家定は二万二千石だったが、城だけは立派だった。

無三四は城下町を歩き回った。それほど大きな町ではないが、山奥の宮本村で育った無三四には珍しいものばかりだった。

旅籠《はたご》に泊まるだけの金はある。だが金は使えばなくなってしまう。金は飯代に回さなければならない。野宿である。神社か寺の床下に寝るしかない。

行くあてがあるわけではなかったが、幸い春だった。これから暖かくなる。寒さに怯《おび》えることもなかった。

はじめは木賃《きちん》宿に泊まった。広間に雑魚《ざこね》寝である。風呂に入りたければ薪《まき》代を別に出さなければならない。

旅芸人や浪人たちが泊まっている。奇妙な光景だった。それでもまだ野宿するよりましなのだ。夜中に懐中の財布が曳《ひ》きずられているのに気づいた。財布のあとを追っていくと、そこにごろつきの顔があった。もちろん財布には紐《ひも》をつけてあった。

三十歳ほどと見える髭面《ひげづら》の男が財布の中に手を突っ込もうとした。無三四はいきなり、その髭面をひっぱたいた。力は大人以上にある。ごろつきは叫びを上げた。寝ていた人たちが目をさます。

無三四は男を引きずり出した。宿の外にひっぱり出して、

「おまえは盗人か」

「なんだ、まだ餓鬼《がき》じゃねえか」

と笑った。無三四は腹を殴った。ゲーッと叫ぶ。腹を抱いたところを、顔を二、三発殴った。男はふっ飛び、そのまま逃げた。

翌日、宿を出た。姫路を出て山陽《さんよう》道を西へ行く。街道に四人の浪人が立っていた。そのそばに昨夜のごろつきがいた。

「あの餓鬼でござんすよ、餓鬼のくせに妙に力だけはありやがる」

男の顔は腫《は》れ上がって黒ずんでいた。浪人が一人歩み寄って来た。

「おい子供、着ているものを脱いでいけ、金もいくらかは持っているようだな。さあ、脱げ、命だけは助けてやる」

無三四は鞘を握って鯉口を切った。

「なに、この餓鬼、刀を抜くつもりか」

体つきは大きくても、顔はまだ子供である。無三四は、鞘をひねった。そして水平に抜いた。浪人は飛び退《の》いた。そこにつけ込んだ。

浪人が刀に手を掛けた。その手首を斬り落とした。右手首が刀柄にぶら下が

る。うろたえるところを、右肩を雁金《かりがね》に斬り下げた。妙な手応《てごた》えがあった。

刀を三人の浪人に向けた。一人が刀を抜いた。それを振り上げる。無三四は一気に間を詰めて、浪人の腹を裂いた。刀が左から右へと抜ける。刀は重かった。刀を引き寄せようとしないで、刀のほうに体を寄せた。

そこに三人目の浪人がいた。刀を抜いて中段に構える。へっぴり腰である。剣尖を剣尖に触れてやった。ゴチゴチになっている。無三四は、目を据えて見つめていた。

刀を上段に振りかぶる。すると浪人も釣られて刀を振り上げた。そこを水平に刀を薙いだ。目の前で刀柄を握った両手首がポトリと落ちた。

四人目が逃げ出すところだった。ごろつきも逃げていた。無三四はごろつきを追った。足なら負けはしない。

走りながら、助けて、と叫んだ。

助けてやるつもりはなかった。走りながら剣尖で男の背中を突いてやる。ギャーッ、と叫んで転がった。

坐り直して両手を合わせた。首根のあたりに刀を閃《ひらめ》かせた。男の顔が凍りついた。無三四は刃を拭《ぬぐ》った。歩きかけると首が血の流れに押し上げられて転がり落ちた。あとから血が噴《ふ》き出した。

人を斬るのははじめてだった。有馬喜兵衛は殴り殺したのだ。このように簡単に人が斬れるとは思わなかった。円覚が言ったようにむごくなれた。斬らなければ自分が斬られるのだ。

おのれを守るために人を斬った。一番憎かったのはごろつきだった。財布を盗もうとした。逆に殴られて仲間を呼んで来た。無三四を身ぐるみ剝《は》ごうとして、浪人が斬られると手を合わせて助けてくれ、と言う。

おそらくこんな男たちが多いのだろう。生きていくためには何でもやらなければならないのだろう。それはよい。だが、人に憎まれたり恨《うら》まれたりすると、おのれの命はなくなることになる。それを承知で悪事はやらなければならない。

悪事をやる人、悪人を斬る人はいるわけだ。無三四だって悪人になるかもしれないのだ。力の強い者が弱い者をいじめて悪党になる。悪党には力がなければならなかった。

無三四は、岡山《おかやま》に着いた。五十七万石の城下町である。宇喜多直家《なおいえ》は元亀《げんき》元年（一五七〇）に金光宗高《かなみつむねたか》を滅《ほろぼ》して岡山城を奪い、備前《びぜん》の大守となったが、天正九年（一五八一）に直家は城中に卒し、翌十年に次男の八郎《はちろう》が継ぎ、秀吉に属した。秀吉は八郎を養子にして美作《みまさか》一国を与え、天正十八年から慶長二年（一五九七）にかけて岡山城の大改造をして烏城《うじょう》と称し、町並も整えた。無三四が岡山に着いた一年前である。

城下は賑《にぎ》わっていた。秀吉の天下統一によって戦乱の世は終わりを告げ、このころから素肌剣法が流行《はや》り出し、城下にもいくつも剣術道場ができていた。剣術道場ができるということは、門弟が多く集まるということでもある。世は完全に安泰《あんたい》になっていたわけではない。強盗、野盗が出る。辻斬りもはやる。剣術くらいは身につけておきたいという侍たちがいたからだろう。侍と言っても足軽と称する男たちである。士ではなく卒と言われる侍である。

無三四は、神陰流《しんかげ》、新堂一心斎《しんどういっしんさい》という道場の門の前に立った。彼は自分の腕を試してみたくもあった。武者修行である。おのれの腕を磨くための旅である。このような道場の主は、どれほどの腕だろう、と思ったのだ。

門を入って玄関の前に立つ。しきりに木刀を打ち合う音がする。まだ袋竹刀のないころのことである。木刀で打ち合えば怪我をする。だから、木刀が相手に当たる前にピタリと止める。そういう稽古なのだ。

案内を乞《こ》うと門弟が出て来た。

「新堂先生に一手教えていただきたい」

「なんだ、子供ではないか、入門すれば、子供の稽古日はある。向こうへ回るがよい」

「わたしは少々使えます」

と言った。門弟は、なにっ、と言って無三四を睨《にら》んだ。

「使えるだと、わしさえ剣を使えるなどとは言えん。子供だから許してやる。帰れ」

「あなたくらいなら勝てると思いますが」

「なんだと、わしに勝てるだと」

「はい、軽いものだと思っています」

「おのれ、言いたいことを言う。よし、上がれ、叩きのめしてくれる」

と門弟は怒った。もちろん、これくらいは言わないと相手にはしてもらえないのだ。無三四は草履《ぞうり》を脱いで上がった。

「おーい、やめてくれ。この小僧がおれより強いと言う。叩きのめしてやるから、ちょいと稽古をやめてくれ」

と叫んだ。稽古していた者たちが、左右に退《の》いて、そこに空間を作った。さっきの門弟がやって来て木刀を手渡した。刀と荷を隅に置いて、木刀を手に立ち上がった。

そして道場の中央に出た。

「名だけは聞いておこう。わしは名越伝七郎《なごしでんしちろう》だ」

「平田無三四」

と言った。

「参れ！」

と声をかける。無三四はいきなり打ち込んだ。名越はあわてて受ける。二、三本打って相手の木刀を叩き上げた。木刀が舞い上がり、しばらくして高い音を立てて落ちた。無三四に打ち込まれ、それを受けて手が痺《しび》れていた。それをはね上げられたのだ。

木刀の打ち込みは馴れている。円覚に思いきり打ち込んでいたのだ。円覚は巧みに受けてくれた。いかに強く打ち込んでも受けてくれた。この男がまともに受けられるわけはなかったのだ。

「面白そうな子供だな、わしが相手になろう」

と侍風の男が出て来た。この侍は強そうだった。

侍は、木刀を手に取ると正眼に構えた。そして切っ先に触れると、スーッと体を寄せて来た。

「平田とやら、負けて帰れ、そうしないと生命を失うことになる。かなり使うようだが、おまえのような子供に荒されては道場が立ちゆかん。おまえの刀を見てみろ」

さっと離れてちらりと隅に置いた刀を見た。門弟の一人が刀を手にしていた。

無三四はなるほどと思った。三十人の門弟がいる。これに囲まれては脱出できないだろう。まだ死ぬには早すぎた。不具者になるのもいやだった。

「参った！」

と、無三四は木刀を投げ出した。

三章　秘術

1

宮本武蔵の顔を知っているのは門番の老爺《ろうや》だけである。宮本武蔵を探せという
ことになった。風体《ふうてい》だけでも確かめておきたいのだ。
老爺に五、六人の門弟をつけて京の町を歩かせた。だが簡単には見つからなか
った。見つかる所にいるわけはない。
吉岡憲法は、宮本武蔵との試合を所司代に報告した。所司代の板倉伊賀守は、
その試合に興味を持った。板倉勝重はこれまで剣術の試合なるものを見たことは
ないのだ。
「その試合、この所司代の庭でなされ、わしが検分役を引き受けよう」
と言った。憲法にもそのほうがよかった。剣法者には曲者《くせもの》が多い。どういう手
を使って来るかもしれないのだ。公明正大のほうがよかろうと考えた。第一、挑

戦状は突きつけたものの、わざと姿を隠している。

門番の老爺にしか姿を見せていない。そして逃げるように去っていった。試合に際して多くを知られたくないということはわかる。おそらく宮本武蔵は憲法を知っていることだろう。知っていて挑戦状を突きつけた。となれば、こちらが不利である。

返事は、東山妙法院の寺男に託してくれと書いてあった。この寺男にも聞いてみたが、要領を得なかった。寺男の口を封じているのだろう。

わざと姿を隠そうとしている。そのことが憲法は気になっている。気にすればするほど深みにはまっていくのだ。これはすでに武蔵の手だと思った。これを疑《ぎ》心暗鬼《しんあんき》という。その疑心暗鬼から逃れるためにも、所司代で試合したほうがいいだろう。怪しげな手は使えなくなる。

「わかりました」

と言った。十月十八日の辰《たつ》の下刻（午前九時）にいたしましょうと言った。板倉もそれがよかろうと言った。十八日までにはまだ四日ある。四日あれば充分だろう。

所司代で武蔵への手紙を書いた。そして所司代の侍を使って、書状を東山妙法院の寺男に届けさせた。武蔵は一日に一度は必ず妙法院に来るという。今日はまだ来ていないと言うから、書状は今日のうちに武蔵に渡るだろう。

憲法は西洞院《にしのとういん》の兵法所にもどって、又七郎に告げた。

「兄者、わしにやらしてくれ」

「駄目だ、おまえでは負ける」

「兄者なら勝てるのか」

「おまえなら負けるが、わしなら負けぬ」

「どうしてそう言えるのだ。門弟たちも言っている。兄者よりわしのほうが強いと」

そういう言い方を無視した。

「わしが負けたら、おまえが挑めばよい」

「しかし、それでは吉岡兵法所の名が」

憲法は黙って家を出た。足は六条柳町に向かう。柳町はすぐ近くである。遊廓三笠屋に入り、遊女清里を呼ぶ。座敷に入ってぼんやりとしていると、清里が酒を運んで来た。

「わしを待っていたか」

「はい、首を長うしてお待ちしておりましたんえ」

まだ清里は京言葉にはよく馴れていなかった。清里が酌《しやく》をする。それを盃《さかずき》で受けて呑む。

「あと四日か」

と呟《つぶや》く。所司代で試合するのなら、何も気にすることはなかった。堂々と打ち合うだけだ。所司代の前では武蔵も卑怯な真似《まね》はできないだろう。もちろん、相手が卑怯な真似をするとは限らない。

木太刀の試合だから命がけになることはないのだろうが、打たれ方によっては死ぬことにもなるかもしれない。

かつて、このような試合を挑んで来た剣士はいなかった。たいていは兵法所に直接挑んで来る。挑む不利を知らないのだ。

もし、又七郎が負けることがあれば、門弟たちがその剣客を生かしては帰さないだろう。直接挑んで来る剣士は愚かというしかない。それでも月に二、三人は挑んで来る。愚者たちばかりである。

そういう剣士に又七郎は一度も負けたことはない。というのは当たり前だった。少しは考えることのできる剣士であれば、直接には挑まないはずだ。

そういう点、武蔵は考えることのできる剣士だろう。加えて姿を見せようとさえしない。姿を見せては不利と考えている。その辺が無気味である。そこまでしなくてもと思う。憲法が甘いのだろうか。

どのような秘術を持っているのかわからぬ。憲法は京のことだけしか知らないのだ。京から一歩も外へは出たことはない。武蔵は国々を回り、さまざまな術を身につけていることだろう。だが、剣術である。木刀で打ち合うだけである。

「憲法はん、お酒、お持ちしまほか」

「酒はもうよい」

と言った。酒に酔って忘れたいというのではなかった。四日後の試合に試したい技もあるのだ。技ではなく術である。この術をこれまで一度も使ったことがない。だから、又七郎がいかに強くなっていても、おのれには及ばぬと思っている。

その場で清里が夜具を敷きはじめる。もともと遊女は長襦袢《じゅばん》である。そのまま夜具の中に入る。

「憲法はん」

と言われ、憲法は立ち上がる。清里が着物を脱がせはじめる。全裸にしておいて浴衣《ゆかた》を肩から掛けるのだ。そこから床入りになる。床に入ると清里は抱きついてきた。そして体を擦《す》り寄せてくる。

憲法は清里の馴染《なじ》みである。

「うち、憲法はんを好きどす」

と言う。ほんとに好きかどうかはどうでもよいことだ。売りもの買いものだ。それでも好き嫌いはある。好きでもないのに好きだという女の嘘を見破れない憲法ではない。

衿を開いて乳房を揉む。いきなりやぼな声をあげたりはしない。女の嘘は憲法は好きではなかった。嘘をつく女とは遠ざかる。そして別の女を求めるのだ。遊廓とはそれができるところでもあった。

この清里とは馴染んで長くなる。清里に飽きないのは嘘をつかない女だからだろう。感じてもいないのに感じたような声を出す。そして客をよろこばせてあっさり気をやらせる。遊廓にはこういう女がほとんどだ。もっとも客によっては違うのだろう。好きな客ならば共に気をやるのかもしれない。

乳房を揉んでいて乳首に指を触れると、アーッと声をあげた。そして腰をくねらせてくる。耐えきれなくなって、清里は男の股間に手を伸ばしてきた。

一物は膨らんでいたが、まだ堅くはなかった。女の体には馴れているし、飢えてもいなかった。女を前にしてもそれほどいきり立つこともなかったのである。

清里は、男の股間をさらすと、手拭《てぬぐい》をぬるま湯で絞って股間を拭いはじめた。馴染み客に対する奉仕である。丁寧に拭う。これが思った以上に快《こころよ》かった。拭うのはすでに愛撫である。

ふぐりから蟻《あり》の門渡《とわた》りまで拭う。もちろん風呂には三日に一度は入っている。汚れているわけではなかった。拭い上げると尖端に唇を押しつけてくる。俗に口取りという。

尖端を舌で舐めまわす。これは好きな客だけにする閨技《けいぎ》である。ひねり回しながら舐めまわす。これで一物も力を得てくる。一物が怒張すると、清里は、いとしい、と言った。

それからゆっくりと呑み込む。根元まで尽くしてそれを咽《のど》で味わうように、じっとしていた。十八歳で男の味がわかるものかどうか。そうしてやれば男がたのしむことを知っている。そして頭を上下しはじめる。

憲法は天井を見ていた。そこに武蔵を思い描く。まだ、目鼻はなかった。目鼻がつかないと、何となく不安なのだ。

自分独《ひと》りのことならよかった。試合は時の運である。負けてもいい。だが、兵法所の主《あるじ》である。一千人の門弟がいる。兵法所のためには勝たねばならないのだ。

武蔵は憲法に挑戦してきている。おのれ独りのことなのだ。負けても失うものはない。失うものがないというのは気楽なものである。武芸との試合にはそれだけの差があった。失うものがないということは、それだけ強いのだ。

三日前に、五、六人の浪人を三条小路で斬った男がいたと聞いた。おそらく武蔵であろう。一太刀ずつで沈めていた。武蔵より他にはあるまい。だが、それを誰も見ていなかった。門弟たちを走らせたが、消息は摑めなかった。

吉岡で武蔵を探していると知って、浪人が一人兵法所にやって来た。武蔵のことを喋りたいという。三条小路の斬り合いを見たということだった。もちろん、金にするためにやって来たのだ。

聞いてみると、武蔵は、六尺豊かな大男で、頰骨が高く、髭はなく、目は黄色だった、という。門番の老爺の言い方とは違っていた。異相の男ということになる。

「いかにも恐ろしげでござったな」

憲法は違うな、という気がした。それほど異相の男であれば、京の町を歩いていても目につくはずだ。小銭を渡し、その者を見かけたら知らせてくれ、と言った。

「承知した」

と言って、浪人は帰って行った。目が黄色に見えたというのはわからないではない。殺気を含めば目が黄色に見えることもある。

だが、門番は二十五、六に見えたと言っている。浪人の言い方は鬼に似ていた。頬骨が高く髭がないというのは鬼の顔である。浪人は鬼を思い浮かべて武蔵像を作ったのだろう。

清里は、顔を上げて、

「上になってよろしゅうおすか」

と言った。憲法が頷《うなず》くと、彼女は憲法の腰をまたいできた。彼は手を伸ばしてはざまに触れた。そこは熱い露に濡れていた。遊女は好きな男にしか体を濡らさぬものである。

遊女は客を選べない。それでそういう客のときには挟み紙というのを使う。紙を二つに折ってそれを咥《くわ》え、唾液で濡らしてそれをはざまに挟みつけるのだ。すると、切れ込みが濡れたように思える。また詰め紙というのを使う。紙をよく揉んで壺の底に押し込む。これは一つの避妊法である。紙に精汁を吸わせてしまうのだ。

「あーっ、憲法さま」

と声をあげ腰をひねった。指を切れ込みに遊ばせ、二指を壺の中に挿入する。すると指にはざまを押しつけてきて腰を回す。本来、遊女ははざまに指を使わせぬものである。商売道具だからだ。だが、好きとなれば、その限りにあらず、ということになる。

指を抜くと清里はその指を舐めた。それから一物を壺に誘い込む。一物は壺の中に滑《すべ》り込んだ。そして、ワッと声をあげると、しがみついてきて腰を振りまわす。

回してはしゃくり上げる。浴衣の中に手を入れて生の尻を摑む。尻はしきりにくねっていた。下から突き上げてやる。そのたびに、ウッ、ウッと声をあげる。尻が快くくねった。女の尻というのはいいものだ。柔らかくて冷たい。体は熱くても、どういうわけか尻だけは冷たい。血がそこまでは回らないのか。

清里は仰向けになった。股を開いて待つ。そこに腰を割り込ませて、一物を没

入させる。とたんに清里はしがみついてきて、
「気がいきますえ」
と声をあげて腰を弾《はず》ませた。

2

清里に送られて遊女屋三笠屋を出た。清里の肌の甘い感触が体に残っていた。一丁ほど歩いたところで、憲法は足を止め振り向いた。だが、それらしい人影はなかった。

誰かに見つめられている気がしたのだ。振り向いたときに姿を隠したのだろう。再び歩き出すと気配は消えていた。

宮本武蔵だったのだろう。武蔵も憲法の姿を見ておきたかったのだろう。だが、おのれは姿を見せようとはしない。卑怯な、と思ったが、剣術に卑怯はないのだ。

武蔵が挑戦状を突きつけた。試合はそのときから始まっているのだ。それまでに打たれればそれで終わりだ。何も四日後の十八日まで待つことはないのだ。所

司代の庭でというのは、一応の決まりでしかない。武蔵を探し出して討っても、もどこからも文句は来ない。討たれて卑怯と言っても、はじまらないのだ。

憲法もそれを忘れていたわけではない。もちろん、それだけの用心をしていた。

武蔵は、憲法の影に向かってしきりに戦いを挑むだろう。姿が見えていれば、その姿に向かって挑む。すると何かが見えてくる。武蔵の有利はまた一つ増えたことになる。

憲法は西洞院の兵法所にもどった。このところまったく道場に出ていない。思うところあってのことだ。だが、今日は道場に出てみた。又七郎が憲法の姿を見て、歩み寄って来た。

「兄者」

百人近い門弟が稽古をしていたが、やめて左右に散り坐った。

「又七郎、わしと手合わせをしたい、と言っておったな」

「立ち合ってくれるのか」

「立ち合おう。この兵法所の主はわしだ。わしの技も見せておかんとな」

「兄者、わしに勝てるのか」

「剣というのはな、剣術だけではない。剣術をいかに極《きわ》めても足りぬところがある。剣術ではどうしようもないところがあるのだ」

「兄者、喋りはそのあたりでよかろう。さあ立ち合ってくれ」

と木刀を手渡した。そして道場の中央に出る。門弟たちが目を皿のようにして見ていた。又七郎の剣は激しかった。高弟たちも遠く及ばなかった。

「兄者、参る」

と声をかけた。そして上段から打ちかかるさまを見せた。憲法は中段に構えて動かない。又七郎は、変化を見せるために、憲法の木刀を叩いた。だが木刀には当たらなかった。

「キエーッ」

と声を放った。そして打ち込もうとした。

そのとき憲法は、うむ、と唸《うな》った。とたんに又七郎はふっ飛んだ。そして尻餅《もち》をついた。憲法はつるつると間を詰めて、木刀を又七郎の額に置いた。

「兄者、何をする」

「又七郎、まだまだ未熟だな。おまえはわしに斬られている」

憲法が体を離した。

「兄者、バテレンの術を使われるか」

「そのようなものではない」

「ならば、もう一度」

と又七郎は、木刀を正眼に構えた。動けなかった。剣は技ばかりではない。技がいかにうまくなっても、そこまでだ。

「又七郎、おまえは強い。だが、強いだけではどうにもならん。強さを脱皮しなければならん。参れ」

だが又七郎は動けない。何か見えないものに胸元を押されたような気がした。踏みとどまろうとしたができずに、尻をついてしまった。

また、憲法が、うむ、と唸った。又七郎は七、八間《けん》もふっ飛んで、やはり尻餅をついた。強烈な風が吹いて来て、ふっ飛ばされたような気がした。風ではない。何が何だかわからない。

「兄者、それは何だ」

「気だ」

「気とは何だ」

「説明のしようがないな。気術でもない。合気道でもない。気だ。精神力だ」

門弟たちは、息をのんで見ていた。お教えくだされ、と四、五人の門弟が立って来た。憲法は指をさし出した。

憲法は、うむ、と呻《うめ》いた。とたんに五人は折り重なるようにして、まるで将棋《しょうぎ》倒しのように倒れたのだ。


のちに宮本武蔵は、肥後《ひご》の熊本で、ある剣士に挑んだ。二階堂《にかいどう》流の松山主水《まつやまもんど》だった。この主水は気を使った。この気というのがわからずに逃げ出している。負けたというのではない。勝てる自信がどうしてもつかなかった。だから逃げ出した。あるいは勝てたかもしれないのだが。


「兄者、気を使うのは卑怯じゃ。気なしでわしと立ち合え」

「剣に卑怯ということはない。何度教えたらわかる」

「堂々と立ち合え」

と又七郎は立ち上がった。

「堂々ということもない。剣とは隙を見て斬るものだ」

「ならば、刀でもよいぞ」

「又七郎、何を言うか、兄弟が斬り合ってどうする。それほどわしが憎いか」

又七郎は道場の中央に立った。門弟の手前、一度は憲法を打ち込んでおきたかったのだ。

「兄者、おいでなされ」

「おまえは、わしには勝てん」

「勝てんかどうかは、やってみなければわからん。立ち合ってくれ」

憲法は仕方なく立った。前へ出るまでもなく又七郎は打ち込んで来た。憲法は軽く足を使って躱《かわ》した。さらに打ち込んでくる。憲法は跳んだ。又七郎の木刀は足の下を通っていく。

打ち損じたとみて、また打ち込んで来た。それを木刀で受けた。そのまま又七郎はまたふっ飛んだ。

「兄者、卑怯ぞ」

と一回転して打ちかかってくる。それを躱す。憲法には又七郎の動きが見えているようだ。もちろん又七郎の打ち込みは厳しい。だがそれだけだった。どう打ち込もうと見えているのだ。悠々《ゆうゆう》と躱せる。

又七郎はまたふっ飛んだ。もうふらふらになり、息が上がっている。肩で息をし、汗を流している。憲法は打ち込めたのだが、打たなかった。又七郎は及ばぬと知ったはずだ。又七郎が打ったのは憲法の影だったのだ。

「参った!」

と声をあげ、その場に坐り込んだ。又七郎は遠く及ばなかったのだ。はじめてそのことがわかったようだ。

憲法は道場を出た。背中にびっしょりと汗をかいていた。又七郎の打ち込みは迅《はや》かったし鋭かった。だが、兵法所の主である自分の強いことを見せておかなければならない。

これくらいで汗をかくとは、体がなまっている証拠であった。だが、憲法はいつのころからか木刀を握らなくなっていた。いかに木刀打ちがうまくなっても、たかが知れている。

そのころから気ということがわかりはじめていた。夜中に家を出る。そして森の中に坐っている。森の霊気が体に伝わってくるのだ。無言の気合いを発すると、森の中に眠っている鳥たちが眠りを破られて騒ぐのだ。それで気が通じているのがわかった。

この気を会得《えとく》したのも、兵法所のためであった。おのれのためではなかった。憲法として兵法所を守っていかなければならない。負けられない。負けることは許されない。

翌日、憲法は紙屋川に釣りに出かけた。心を養うには釣りが一番よかった。何も考えていないようで考えている。堂々めぐりの場合もある。それでもよかった。ほんの少し何かがわかっても、堂々めぐりよりも違ってくる。

浮き下一尺という。浮きから一尺のところに二分針をつける。つまり水量は一尺あることになる。水底の近くに餌を浮かせる。魚がそれに食いつくのだ。ゴリカンが釣れる。小さな二寸ばかりの魚である。俗にゴリという。これは甘く煮て食う。もう一つはボテである。江戸では、たなごという。

餌は、赤虫、うどんを使う。またうじ虫も餌になる。鯖《さば》を放っておくと蠅が卵を生みつける。その卵がかえってうじ虫になるのだ。これを餌にする。この餌が特によかったりする。ふつうはうどんをちぎって餌にする。ときには鯉も釣れる、が用心しないと糸を切られてしまう。

憲法はうどんを餌にしていた。煮たうどんを一本持ってくると、それで餌としては足りた。釣るのは拍子である。手首で釣る。浮きを見ていて、浮きが変化を見せたとき、引っかけるように持ち上げるのだ。この拍子がないと魚には逃げられてしまう。

ゴリやボテは水の底を泳いでいる。見ていてもそれとわかる。食いついた瞬間に竿《さお》を上げなければならないのだ。

ゴリがよく釣れた。たちまち二十匹ほどになった。釣っている間は何も考えない。それがよいのだ。女を抱いている間だって何かを考えている。釣っているときには何も考えないですむのだ。

ゴリやボテが釣れるようになって、釣り師の気持ちがわかるようになってきた。釣り師というのは何も考えないで魚と格闘している。格闘しているのが楽しいのだ。何も考えないで、時だけが過ぎていく。

悩み苦しむ人たちは釣りをやるとよい。釣っている間は何も考えないですむのだ。気鬱《きうつ》の病《やまい》という。いまで言えばストレスだろう。釣りをやっていると気鬱の病も治ってしまうのだ。

3

宮本武蔵は編笠《あみがさ》をかぶって京の町を歩いていた。六条柳町で吉岡憲法の姿を見た。妙に丸い体つきをした男だった。憲法が気づいて振り向いたとき、武蔵は姿を隠していた。

妙なものを見たような気がした。剣術者らしくない体つきだ。もちろん、その歩き方を見てかなりの使い手であることはわかった。かつて見たことのない相手だった。剣術者ならば、もっと体は締まっていなければならない。

あれで兵法所の主でいられるのか、弟の又七郎は剣術者らしい体つきをしていると聞いた。

あの体つきで一体何ができるのだろうと思う。十八日には憲法と打ち合うことになっている。相手が見えたような気がした。あの男ならば軽く勝てる、と思った。

試合の前にはいろいろ考えるものである。いきなり出会って斬り合うのなら、相手のことはわからないですむ。斬って捨てるだけだ。だが試合となると、立ち合うまで間がある。間があるだけに、つい考え込んでしまうのだ。

相手を見て勝てると思って立ち合う。勝てると思っても負けるかもしれない。どんな相手であろうと気は抜かない。気を抜けば、どんなに下手《へた》な相手でも打たれてしまう。勝てると思っても勝てるとは限らない。勝てると思った相手には勝てて当たり前である。

京の町は狭い。歩いていて蓮台野《れんだいの》と言われるあたりへ来た。

船岡山《ふなおか》の西方、千本北大路《せんぼんきたおおじ》から紙屋川に至る一帯を蓮台野という。紫野《むらさきの》とともに七野《ななの》の一つに数えられている。東の鳥辺野《とりべの》、西の化野《あだしの》とともに、平安時代以来、世の無常所として知られた所である。

ここには蓮花《れんげ》がいっぱいに咲いていた。それで蓮台野と名がつけられた。それより歴代天皇、皇后をはじめ、多くの人々の葬場となり、無数に立ち並ぶ卒塔婆《そとば》にちなんで千本の地名が生じた。

上品《じょうぼん》蓮台寺は、この葬場の墓守り寺として建てられた。

蓮台野は草深かった。まだ芒《すすき》にはいくらか早かったが、しばらく経てば芒の原になることだろう。世の無常所という。一方には墓が立ち並んでいる。墓地というのは、いつもひんやりとしているものである。無常所といわれるにふさわしい所だ。

武蔵は、野原にある石に坐った。吉岡憲法は簡単に勝てる相手であろうか、と思う。色白くよく肥《ふと》っている。あのままであればたいしたことではない。たいしたことでないわけはないのだ。あの体つきで吉岡憲法であるのは、あの体つきの裏に何かがあるのだろう。

魂放《たまばな》れがすると聞いた。魂放れとは一体なんなのだ。夜中に憲法が魂を抜かれた者のように歩くという。憲法の秘密はそこにあるようだ。それを突き止めなければなるまい。

武蔵は町にもどって居酒屋に入った。夜になるのを待たなければならない。酒は少しずつ呑んだ。もちろん笠はとってある。異相ではなかった。

双眸《そうぼう》も黄色味がかっているわけではない。瞳は小さくなっていた。人を斬ったからだろう。もちろん目の烔《ひか》り方は常人とは違う。頬骨も目立つようには高くない。髭はここ数日剃《そ》っていないので黒々としていた。

目の異常さを除けば、異相というほどの面相ではない。人よりいくらか背が高いほどで、六尺には遠かった。

目を伏せるようにして酒を呑む。目を人には見られたくなかった。斬り合うときだけは目がキラリと光るのだ。

夜も更《ふ》けて、武蔵は吉岡兵法所の裏に立った。裏の木戸が見えるあたりに坐り込んだ。憲法が出て来なければ、夜明けまで待つつもりだった。

空には月はなかったが星明りはある。星明りで充分見えている。子《ね》の一点という。また三更《さんこう》とも言う。九ツ（午前零時）ともいう。それが過ぎたころ、裏木戸が開いた。遠目にもそれが憲法であることは知れた。木戸を離れて歩いていく。

武蔵はそれをつけた。気づかれないように距離を置いた。憲法は森の中に入った。そこに土塀があった。むかしは何様か住んでいたところだろう。いまは狐狸《こり》の住処《すみか》ともなっているのだろう。

憲法は向こうの木の株に坐った。そのまま石のように動かない。一刻《とき》（二時間）ほどそうしていて、立ち上がると屋敷にもどった。武蔵は何の気配も感じなかった。

森の中で何かをやるのかと思ったが、何事も起こらなかった。もしかしたら憲法は武蔵に気づいたのだろう。だから何もしないで帰ったのだろう。

これから一乗寺村に帰るわけにはいかない。近くに古い神社を見つけ、その社《やしろ》の床下に入った。野宿は馴れている。武蔵はすぐに眠りについた。眠らなければ体がもたないのだ。

　眠りから覚めたときには、太陽は高いところにあった。そこから一乗寺村にもどる。

「宮本さま、よいところにおもどりなされた。賊が二人の女を人質に、源兵衛《げんべえ》の家に立てこもっています。これを何とか」

「賊は何人ですか」

「三人と思われます」

「浪人ですか」

「はい、そのようでございます」

「いつからですか」

「昨日、暗くなって押し入って来て、女二人、源兵衛の女房と娘です。酒を出せの飯を食わせろなどと言って、居坐ったのだそうです」

「わしがいなくて悪かった」

　女二人はさんざんに弄《もてあそ》ばれたのだろう。

「家の中を汚してもよいのか」

「仕方ありますまい」

人質を楯《たて》にとられると困るのだ。汚されたのは仕方ない。あとは助け出すだけだ。武蔵は案内されて源兵衛の家に入った。家の中に三人の浪人がいるようだ。浪人たちは、よく百姓家を襲う。飯を食い酒を呑み、そして女を手込めにする。欲望は一気に充《み》たされるのだ。

武蔵はヌーッと家の中に入った。三人が車座になって女を抱いていた。

「おまえは誰だ」

と浪人が言った。

「おまえたちと同じ浪人だ。おまえたちがここに押し入っていると聞いてな。酒くらい呑ませろ」

幸いここ数日、髭を剃っていなかった。

「わしに酒を呑ませんというのか」

「村の者に頼まれて来たんじゃなかろうな」

「比叡《ひえい》山に登るところだった。飯はないのか、酒はないのか。おーい、酒を持って来い」

と怒鳴った。源兵衛がおそるおそる濁《にご》り酒を徳利《とっくり》に入れて持って来た。それを丼《どんぶり》に注《そそ》いでぐいと呑んだ。

「おい、こっちにもよこせ」

と手を伸ばす。徳利を浪人に渡しておいて、武蔵は脇差を抜いた。先に徳利を手にした浪人の首筋をはね斬った。次に女を抱いている浪人の両眼を裂いた。斬った首筋から血がほとばしる。女二人は悲鳴をあげた。三人目があわてて刀を手にした。その左手首を斬り落とした。鞘を摑んだ左手首が落ちた。右手で刀を摑もうとする。その右手も斬り落とした。

アッと言う間に三人が片付いた。返り血を浴びて真っ赤になっている二人の女を引っぱり出した。

人質がいなければ、外に誘い出して斬るところだが、人質を助けるにはこの手しかなかった。

「なぜだ。同じ浪人ではないか」

と両手首を失った浪人が叫んだ。

「そのとおり、おまえたちが悪さをするのはいい。だが、悪さをすれば、殺されることも覚悟していなければならぬ」

「わしらが何を悪さしたのだ。わしらは飢えていた。酒も呑みたかった。ついでに女もいた。それをいただいただけだ」

「それが悪さだよ。命を奪われて当たり前だろう」

武蔵は脇差を拭《ぬぐ》った。

「せっかくここまで生きてきたのに」

「やっと死ねるというわけだ」

両手首からは血が流れ出している。血は止まらない。血止めをしてやれば助かるかもしれないが、それでは地獄になる。ここで死んだほうがいいのだ。

「おのれ」

と叫んで抱きついてくる。武蔵はひょいと逃げた。血だらけの浪人に抱きつかれてはかなわない。浪人は手をついた。つく手がなかった。それで肘で体を支えた。

ちょろちょろと血は流れ出している。部屋は血だらけである。浪人は立ち上がり、歩こうとして血に滑って転んだ。それでも這い起きようとする。起きてどうしようというのだ。

表には村の者たちが集まっていた。こわごわと覗《のぞ》いている。源兵衛の女房と娘は全身血まみれになって震《ふる》えていた。

これでまたしばらくは、村長《むらおさ》の家に世話になれる。そういうことを考えていた。両腕を切断された浪人は、仰向けに倒れていた。体内にはほとんど血は残っていないはずである。目を剝《む》いていた。そして目を剝いたまま死んでいた。

三人の浪人はとにもかくにも畳の上で死んだのだ。もって瞑《めい》すべし。

村長の家にもどった。ご苦労はんどした、と村長が言う。特別に沸かしてくれた風呂に入る。髭を剃った。さっぱりとした気分で部屋に入ると、酒膳が運ばれて来た。濁り酒ではなく清酒である。燗《かん》酒である。

それをちびりちびりと手酌《てじゃく》で呑む。うまい酒だった。灘《なだ》の酒だろう。

家の者が呼びに行ったのだろう。お品が姿を見せた。あわてて風呂に入って来たらしく、女の甘い香りを発散させていた。

「今日は、お働きだったそうで」

武蔵はただ笑った。

お品の体を抱き寄せ、衿元から手を入れ、乳房を包み込んだ。たっぷりと量感のある乳房である。乳房の谷間から女が香った。乳房の感触が快かった。お品が声をあげる。乳首がしこっていた。衿を押し広げて、左乳房をあらわにした。乳首が鮮紅色をしていた。その乳首を摘《つま》んだ。そしてひねる。お品は声をあげて腰をひねった。

「武蔵さま」

とせつなげな声をあげた。もはや兆《きざ》しているのだ。裾をめくって手を入れた。そして内腿を撫でまわす。なめらかな手ざわりだった。快く肉がついていて白かった。

武蔵にも、女が手に入ることはめったにない。手を女の肌に遊ばせる。極楽である。下帯の中で一物は怒張していた。女の手が下帯を解く。そして一物を引っぱり出すと、しっかり握った。そして、ふふっ、と笑う。お品もまた男に飢えているのだ。

亭主を失った女というのは、男に飢えるものなのだ。男ではなく男の一物に恋焦《こ》がれる。女にとっては、一物がすべてになる。一物を握って手を上下させる。

お品が満ち足りて部屋を出ていく。武蔵は仕度をして屋敷を出る。まだ子《ね》の刻には間があった。長者屋敷を出ると夜道を歩く。暗いようだが、物の形はわかる。剣客は目がよくなければならない。夜目も利《き》いた。

武蔵は吉岡兵法所の裏木戸の見えるところに立った。そしてしゃがみ込む。吉岡憲法が深夜、屋敷を出るのは確かだった。だが、何のために屋敷を出るのかはわからない。

昨夜は、森の中に入った。だが何も起こらなかった。森の中は沈まったままだ。刀を抜いて素振りをしているような様子もなかった。子の刻を過ぎて裏木戸が開いた。武蔵は気配を消した。

憲法ほどになると、人の気配はわかる。気配を消すというのは、息を止めることだ。もちろん長い間息を止めるわけにはいかない。かすかに息をする。その息を憲法の呼吸に合わせるのだ。これで気配は消える。

憲法のずんぐりした体が歩いていく。行く先はわかっている。距離を置いた。憲法は森に入った。向こうに小さく黒い影が見えている。武蔵も崩れかけた土塀のそばに体を潜《ひそ》ませた。

京の町は静かに睡《ねむ》っていた。風が吹いてきた。その風に木々の枝葉が音を立てる。それだけだった。一刻ほどは何も起こらなかった。憲法の黒い影が消えていた。

武蔵は動かなかった。憲法は屋敷に帰るだけだろう。そう思っていると、いきなり、鳥の啼《な》き声と羽ばたきがした。鳥たちが睡りを覚まされたのだ。キーキーと鳥たちが啼く。そして、またもとの静けさがもどってきた。武蔵は坐ったままだった。

いまのは何だったのか。何が鳥たちを騒がせたのか。石か何かを投げたのか、そうではないだろう。憲法にはそういう動きはなかった。石を投げて騒ぐのは数羽の鳥でしかない。森全体の鳥たちが騒いだのだ。なぜだ。なぜ騒いだのか。

憲法の正体を見たような気がした。

「そうか、気であったか」

気というのを聞いたことがある。もっとも理屈としてはわかっていない。気を放つと、その気を受けた者はふっ飛ぶという。

憲法は、森の木々に向かって気を放った。それを受けて鳥たちが目を覚まし、羽ばたいて啼いた。

毎夜、憲法はこの森に来て、おのれの気を磨いていたのか。憲法はおのれの中にある気を見つけた。そのときから道場の稽古をしなくなった。酒と女に溺れた。そのためにあのように肉がついたのだ。気があれば木刀による稽古など意味がなかったのだろう。あの肉のついた体つきもわかる。

だが、その気というもの、どれほどの効果があるのか。正体がわかってしまえば、恐るるに足りないのだ。

4

憲法はたいてい日が高く昇ってから起きる。何も朝寝しているわけではなかった。子《ね》の刻（深夜十二時）から一刻ほど、屋敷を出て森に入る。ここ二年ほど続けてきている。それからもどって寝る。それでどうしても目が覚めるのは辰《たつ》の下刻（午前九時）ごろになってしまう。夜中の修行を知らぬ者には、ぐうたら者としか考えられない。

起きると顔を当たり、女中に髷《まげ》を結わせる。憲法はきれい好きだった。そのために兵法者とは見えない。着るものもその日の気分によって変えた。おしゃれでもあったのだ。

遅い朝餉《あさげ》を終えて、居間に坐る。

武蔵との試合は明後日に迫っている。試合の前というのはいやなものだ。まだどこかにためらいがある。気持ちが決まるのは明日だろう。まだ暗中模索《あんちゅうもさく》が続いているのだ。試合というときにはこのような精神状態になる。そしてふっきれるのは、前日かその日の朝である。

憲法は、深夜の修行に、武蔵がついて来ていることは知っていた。もっとも姿は見せない。こちらの姿だけはさらしていることになる。六条柳町でも、たっぷりと姿をさらしたことになる。

一昨日の夜は、森に入って気を使わなかった。近くに武蔵がいることを知っていたからである。謎のままにしておけば、武蔵は疑心暗鬼にかかる。それが一つの狙《ねら》いだった。

だが、昨夜は考えが違った。秘密にしておいてもはじまらない。気というのを知らせておいたほうがいいと思って、夜の森の中で気を放った。

鳥たちが立ち騒いだ。武蔵はその気について考えるだろう。そしてその対応策を考える。気が何であるかを考える。だが、わかるわけはないのだ。考えれば深みにはまっていく。その効果を考えて気を発したのだ。その効果があったかどうかはわからない。

部屋の外に人の気配がした。

「お館《やかた》さま、三郎太《さぶろうた》でございます」

「何用だ」

襖《ふすま》が開いた。そこに門弟の三郎太が坐っていた。

「宮本武蔵の居所がわかりました」

「なに、わかったか、どこだ」

「一乗寺村でございます。村長の家に逗留《とうりゅう》しておるようでございます」

「どうしてわかった」

「昨日、一乗寺村で三人の浪人が斬られました。百姓家に押し入ったそうでございます。浪人が三人の浪人を斬ったと聞いて行ってみました。村人に聞いてみますと、宮本武蔵だそうで」

「そうか、なるほど、一乗寺村にいたのか」

「その十日ほど前に、十数人の野盗が村に入りまして、その野盗たちも武蔵が斬ったということです。その縁で村長の家に逗留していたということで」

「三人の浪人は、どのように斬られていた」

「三人の浪人は、その家の女房と娘を人質にしていました。武蔵は仲間のようなふりをして家に入り、一人は首筋を裂き、一人は両眼を潰し、一人は両手首を斬り落としたそうでございます」

「刀を抜いたのか」

「いいえ、脇差だったそうでございます。女二人は無事だったと聞きました」

「呼吸だな」

と、憲法は呟くように言った。

浪人三人には刀を抜く余裕を与えてはならない。勝負は一瞬である。一瞬で三人を斬らなければ、女二人が危ない。その呼吸を知らなければならない。

「一乗寺村に行ってみよう。三郎太、ついて来い」

「はっ、お供《とも》します」

憲法は仕度をした。そして屋敷を出る。一乗寺村は洛外ではあるが、それほど遠くはない。

「かなりの使い手ですね」

と三郎太が言った。たしかに三人の浪人をアッという間に斬って捨てる。並の武芸者にはできることではないだろう。もっとも三人の浪人は武芸者というわけではない。ただの浪人である。それにしても二人の女が人質に取られている。人質に刃《やいば》を向けられれば方法はなくなる。武蔵が入っていけば浪人たちは警戒する。

そこを斬って捨てたのだから、たしかに使い手ではある。憲法は呼吸だと言った。呼吸を浪人たちに合わせなければならない。呼吸が合わないと、浪人たちは怪しむ。

武蔵は簡単にそれをやってのけたのだ。簡単に見えて、じつはむつかしいことだったのだ。それをさらりとやってのけた。

一乗寺村に着いた。村長の家は下り松の近くにある。その屋敷の見える雑草の中に体を隠した。

武蔵は屋敷から出て来ないのかもしれない。だが待つしかなかった。じっと待った。出て来なければそれまでだ。一刻待った。姿を現わしそうにない。

「出て来ませんね、わたしが呼び出しましょうか」

「それはいかんな、自然でなければならん」

「あれが、武蔵では」

と三郎太が声をあげ、指さした。その手を払い落とした。

「指などさしてはならん」

京のほうから浪人が一人ゆっくり登って来る。その足どりはしっかりしていた。おそらく武蔵だろう。

「三郎太、おまえは見るな、向こうを向いていろ」

「どうしてです」

「人の目というのは遠くからでも見えるものだ。武芸者はそれを感じるものだ」

たしかに武蔵のようだった。昨日、森の中で憲法の気を見てから、この一乗寺村には帰らなかったもののようだ。どこかで眠って一夜を明かしたのだろう。

武蔵はゆっくりと歩いて来る。武芸者らしい体つきをしていた。五尺八寸（一七四センチ）、かなりの大男だ。憲法とは五寸ほども違っていた。

憲法は見ないふりをして見ていた。なるほど、こういう男か、と思ってみる。

武蔵は憲法の近くを通りすぎて村長の屋敷に入っていった。

三郎太はやっと顔を上げた。憲法は立ち上がった。

「三郎太、もうよいぞ」

「もどろう」

と道へ出る。

「どうして見てはいけなかったんですか」

「人は見られているとそれを感じるものだ。目には目線というものがある。線が糸のように伸びる。それを感じるのだ。おまえだってそういうことがあるだろう。誰かに見られているような気がするとか」

「ええ、ありますが、気のせいだったりします」

「武芸者はそれを鋭く感じるのだ。それはそれとして、三郎太のおかげで武蔵に会えた。手柄だな」

「それほどでもありませんが、やっぱりあれが武蔵ですか」

「武蔵であろうな。あのような男が何人もいるわけはない」

　途中、居酒屋に入って三郎太に酒をふるまった。武蔵はそれほど異相ではなかった。険《けわ》しい顔をしているわけではない。むしろ道場で、又七郎のほうがいつも険しく目を怒らしているのだ。顴骨《かんこつ》もそれほど高いというのではない。

　武蔵が鬼のような顔をしていたら、百姓家に人質をとって立て籠った三人の浪人も、武蔵を近づけなかったろう。ふだんは穏やかな顔である。武芸者はそうでなければならないのだ。

「三郎太、剣には、威《い》の位《くらい》、移《い》の位、写《しゃ》の位というのがある。威の位というのは相手を脅してのしかかることだ。だが、ふだんは穏やかな顔をしているものだ。又七郎はいつも威の位だ。長く続けているとくたびれる」

「はあ」

　と三郎太は言った。もっとも三郎太にとって、又七郎は恐ろしい存在だろう。誰からも恐れられなければ、兵法所は守っていけないと思い込んでいるのだ。

いつも力《りき》んでいると疲れる。だから憲法は道場には出なくなった。

向こうの席で酒を呑んでいた浪人が立って来た。浪人には憲法が金のありそうな男に見えたのだろう。品性のない鬼のような顔をしている浪人だった。こういう男には人は寄りつかない。生きにくいことになる。

「武士は相身互《あいみたが》いという。少し金を借用したいが」

「きさま、この方を誰だと思っている」

と三郎太が立ち上がって怒鳴った。

浪人はニヤリと笑った。

「誰でもかまわん。金はある者が出す。わしはいま少し呑み足りんのでな」

「三郎太、少し相手になってやれ」

「わかりました。おい浪人、外に出ろ」

ちえっ、と舌打ちした。三郎太が先に立って店を出ていく。憲法は酒代を払って店を出た。

三郎太だって兵法所の門弟である。三郎太は、振り向きざまに刀を薙いだ。浪人は跳び退《の》こうとしたが間に合わなかった。膝の上あたりを削《けず》られた。

「おのれ！」

と吼《ほ》えて刀を抜いた。刀を振り回す。膂力《りょりょく》だけはあるのか。三郎太は飛び回って斬りつける。膝からの血が足の甲にまで流れてくる。

動きは三郎太のほうが早かった。浪人が刀を振ると間合いを外れる。刀が流れる。そこに飛び込んで斬る。一刀で倒すほどの力もないし技もない。

だが、三郎太のほうが勝《まさ》っていた。剣尖《けんせん》は浪人の肌を掠《かす》める。二カ所、三カ所斬られ、浪人は血に染まっていく。

「待て！」

と浪人が言った。

「待てだと、はじめに文句をつけてきたのはおまえではないか」

浪人は三郎太を軽くあしらうつもりだったようだ。それが勝手が違った。三郎太は右へ左へと動いて刀を振る。

「わかった。負けた。刀を引いてくれ」

「刀を抜いたら死ぬまでやるものだ」

浪人は刀を振る。が、間合いに入っていないので、剣尖が届かない。振ったあとに三郎太が斬り込む。浪人は足が動かなくなっていた。足が動かないでは間合いがとれない。もともと間合いなどということは知らない男のようだった。

「助けてくれ」

と浪人が叫んだ。三郎太は憲法を見た。頷《うなず》いてやると、三郎太は刀を引いた。

浪人は疲れ果てたように坐り込んだ。

「お館、どうしますか」

「放っておけ。手当ては自分でするだろう」

と憲法は歩き出した。三郎太は刃を拭いながら歩いて来る。

剣術を知っている者と知らない者との間には、これだけの差が出てくる。少しずつ削られていって、そのうち疲れ果てる。それで負けなのだ。それだけ三郎太は優位にあった。

四章　八人斬り

1

平田無三四は、思うところあって一年前、無三四を武蔵と変えた。そしていま、但馬《たじま》の出石《いずし》の城下町に来ていた。慶長四年（一五九九）四月、武蔵このとき十六歳。国を出て二年が経っていた。

出石藩は、天正八年（一五八〇）播磨《はりま》竜野《たつの》城主小出吉政《こいでよしまさ》が六万石で入封《にゅうほう》した。六万石の城下町である。

武蔵はふらふらになって城下に入って来た。そして歩けなくなり坐り込んでしまった。その武蔵に声をかけてきた女がいた。

「お侍さん、どうしたんですか。どこか悪いんですか」

と言う。二十五、六のお由《よし》という女だった。

「腹が空《す》いて動けなくなった。路銀もない」

お由は笑った。笑ったが、武蔵の腕を引っぱり上げた。

「ほんのちょっと歩いておくれ。お侍さんを背負うには大きすぎるからね」

武蔵はよたよたと歩いた。お由が連れ込んだのは、一膳飯屋だった。店に入って、お由は武蔵のために飯を取ってくれた。お由は酒を頼んだ。飯が運ばれて来た。丼飯に味噌汁がつき、たくあんが二切れついていた。

「食ってよいのかな」

「そのためにここに連れて来たんじゃないか。めしあがれ」

武蔵は箸《はし》を手にした。そして丼飯を食べはじめる。飯が咽《のど》にうまく入っていかないようだ。汁を飯にぶっかけた。そして胃袋の中に流し込む。たちまち丼が空《から》になった。お由はもう一杯の飯を頼んでくれた。お由は酒を手酌で呑みながら、武蔵を眺めていた。三杯の丼飯を腹に流し込むと、フーッ、と息をついた。

「かたじけない。これでどうにか生き返った」

改めて女を見る。二十五、六か、なかなかいい女だった。色気も充分に回っている。

「見ていると、まだ若いね」

「十六です」

「十六？　あたしは二十歳《はたち》くらいだと思ったけど。もっともお侍は十五で元服だものね。それでどこに行くの」

「あてはありません。武者修行ですから」

「武者修行なの、では、やっとうができるんだね」

やっとうとは剣術のことをいう。

「はい、未熟ですが」

「その年で未熟でなかったらおかしいね」

「どうも、ご馳走《ちそう》になりました」

と腰掛けを立った。

「どこへ行こうというの、あてはないんでしょう。懐中もからっぽのようだし、また腹が空くよ」

「なんとかなります。こうして旅をして来たのですから」

「また、あたしのような女に出会うとは限らないよ」

「それはそうですが」

「あたしの家においでよ。家でしばらくのんびりとしているといいよ。かなり疲れているようだ」

「でも、これ以上、姉さんに甘えるわけにはいきません」

「姉さんだって、あたしにもあんたくらいの弟がいたんだけどね。遠慮はいらないよ。さあ、おいで、少し行ったところだから」

と、お由は金を払って外へ出た。通りに出て路地に入って少し歩くと、小さいが小ぎれいな家があった。これがお由の住まいなのだ。

「さあ、おあがり」

と言われて裾《すそ》のほこりを払って上がると、女の家らしく片付いていた。女の匂いのある部屋だった。どういう家だろう、と思う。武蔵は村を出て、二年間をあちこちさまよい歩いた。まだ、どこか顔は幼いが、体つきはすでに大人だった。だが、世間というのをまだよく知らなかった。

「家の人は?」

「あたし一人よ。以前は女中がいたんだけどね、口数が多くて、いつも批判がましくてね、追い出したわ」

「でも、わしがいたんじゃ、いけないんじゃないですか」

「いいの、妙に気を使わなくても」

「何か、わしのやる仕事はありませんか、何でもやりますよ、わしにできることなら」

「そうね、やってもらうことは、たくさんあるかもしれないね」

小さな部屋を与えられた。女中部屋だろう。横になるといっぱいの部屋だ。屋根と壁のある家に寝るのは久しぶりだった。

お由は、古着屋からふだん着を買って来てくれた。襖《ふすま》を開けると、そこに夜具があった。その夜具を外に干すことからはじめた。そして風呂の水を替え、薪《まき》を割る。風呂を沸かす。

「やっぱり男だね」

とお由が出て来て言う。

武蔵は、薪の中から手ごろなのを持ち出してくると、手に持つ所だけを削《けず》った。振り棒である。暇があると、その棒を振る。棒は薪だから三角になっている。

それを片手で振る。棒が空気を叩き、鈍い音を発する。このところ武蔵は片手で刀を振る稽古をしていた。刀柄《つか》は両手で握るものとは限らないのだ。ぶるる、と空気が震《ふる》える。その音を聞きつけてお由が顔を出す。

「木刀を買って来てあげようか。町の古道具屋にあるだろうから」

「けっこうです。これがいいんです」

　木刀を振るのは、宮本村にいるころに、いやというほどやった。

「やっぱり、武者修行だったんだね」

「こうしていないと落ち着かないんですよ」

「のんびりしていればいいのに」

　と言って顔を引っ込める。

　五日経って四十過ぎと見える男がやって来た。丹波屋弥兵衛《たんばややへえ》と言った。お由はこの弥兵衛に囲われていたのだ。こそこそしているわけにはいかない。武蔵は弥兵衛の前に出た。

「世話になっています」

「この人は誰だい」

「腹を空かして動けなくなっているのを拾って来たんですよ」

「拾って来たなんて」

「平田武蔵と申します」

「武者修行ですって、いつも庭で棒を振っているんですよ。それによく働いてくれるし」

「お侍さんを、そのようにあつかってはいけませんな」

「いや、このほうがいいんです。世話になっているのですから」

「そうですか、武者修行ですか。そう、この町にわたしの知り合いが剣術道場をやっていますよ。そこへ行ってみませんか。稽古するには相手があったほうがいいでしょう。村山伝心斎《むらやまでんしんさい》と言いましてね、たいした剣客ではありませんが、さっそく紹介状を書きましょう。行ってみなさるといい」

「かたじけない」

弥兵衛は、紙と硯《すずり》を運ばせると、さらさらと書いた。場所はお由が口で教えた。

「では、さっそく行って来ます」

と言って席を立った。この場に長くいてはいけないような気がしたのだ。囲い女が何をするのかは承知していた。そうか、お由に色香がにじんでいたのはこういうことだったのか、と思い至った。

女はきれいであれば、手に職がなくても生きていける。お由はそのたぐいの女だったのだ。生きていくのに楽であれば、そのほうがいい。

村山伝心斎、剣客らしい名前だ。道場の前まで来た。看板には、神道流《しんとう》・村山道場とあった。城下町には必ず剣術道場がある。その大名の家臣たちが稽古に来るのだ。それで剣客たちもけっこう飯を食っていけるのだ。

玄関に立って、声をかける。武蔵の声は大きかった。稽古をしていたらしい門弟が出て来た。

「丹波屋弥兵衛さんより、紹介状をもらって来ました」

と紹介状をさし出した。

「少々、お待ちを」

と言って門弟が去る。しばらくして四十過ぎとみえる大きな男が姿を見せた。

「わしが村山伝心斎です。どうぞお上がりください」

と言う。あつかいが丁寧だった。紹介状があったからだろう。座敷に入れられた。

「武者修行の身とか」

「はい、未熟者ですが、よろしくご指導願います」

「丹波屋さんには世話になっている。何が望みだ」

「道場で稽古させていただければ、と思ってまいりました」

「そうか、よかろう。ではさっそく道場にまいろう」

伝心斎は武蔵をどうあつかっていいのかわからないようだ。

二年間、旅して一度しか剣術道場には入らなかった。岡山の道場で失敗したのだ。剣術道場など安易に入るものではないのだ。一人に打ち勝ち、二人目の男に脅された。振り向くと武蔵の刀を門弟の一人が持っていた。門弟たちに打ち勝ち、道場主が出て来るようになると、無事ではなくなる。三十人の門弟に囲まれて殴り殺されることになる。

それを感じて、武蔵は木刀を投げ出し、参った、と叫んで両手をついた。町道場というのはそんなものだ。負けては道場が立ち行かなくなる。道場を保つために他流試合の者は殺さなければならないのだ。武蔵は木刀で三十人の男たちを相手にはできなかったのだ。

円覚和尚が言っていた卑怯《ひきよう》未練ということを知ったのだ。問題は、勇気よりもどう生きるかにあったのだ。武芸者はいさぎよくあってはならないのだ。いさぎよくあっては、命は短いものになる。岡山で意地を張っていたら、命を失うか、不具者になっていただろう。十四歳の子供には世間は厳しかったのだ。

道場に入ると伝心斎が声をかけた。

「稽古やめい」

と言う。打ち合っていた門弟たちが左右に分かれて坐る。

「この人と、誰か打ち合ってみよ。浅田《あさだ》、前へ出よ」

と言った。浅田という門弟が中央に出て来た。武蔵は木刀を借りて立った。そして、

「よろしく」

と中段に構える。浅田は正眼から弾《はず》みをつけて打ち込んで来る。武蔵はその場から動かず木刀を受けた。踏み込んで打ってくると、体がぶつかってくる。それをはねのけた。

浅田はよろめく。体勢を立て直して打って来る。それを受ける。受けることからはじめた。打つのは容易だが打たなかった。浅田は汗をかき息を荒げた。

稽古試合というのは相手を打たない。肌すれすれに木刀を止める。円覚和尚は、木刀を止める稽古はするなと言った。

「やめい」

と伝心斎が声をあげた。浅田はそこに坐り込み、そして立ち上がり退《ひ》いた。

「次、島崎《しまざき》」

と言った。島崎は立って来ると、いきなり打ち込んで来た。それを受けてや

る。叫びをあげて次々と打ち込んで来る。それを一つ一つ丁寧に受けた。島崎もたちまち顔を赤くした。打ち込んで体を寄せてくる。武蔵が動かないからぶち当たることになる。突き放してやると、島崎はふっ飛んだ。

「参った！」

と声をあげた。

三人目は磯田《いそだ》新兵衛《しんべえ》という男だった。磯田は高弟の一人だろう。構えはしっかりしていた。足を擦《す》って間合いに入る。気合いを発して打ち込んで来る。それを受けると胴を払う。袈裟《けさ》掛けに打ち込んでくる。武蔵は立ったまま、それを受けた。

磯田は打ち込めぬと知って自分から引いた。参ったとは言わなかった。武蔵は汗ひとつかいてはいなかった。

「平田どの、わしの部屋へ」

と言って伝心斎は背を向けた。伝心斎の部屋に入った。私室である。六畳ほどの部屋であったが武芸者の部屋らしく質素だった。

「なぜ、打ち込まれぬ。打ち込む隙《すき》はいくらもあった」

「打ち込めば、門弟の方たちに怪我《けが》をさせます」

「剣はどこで習われた」

「田舎です」

「師はどなたかな」

「師はありません。また流派もありません。四歳のころよりはじめました」

「何のために」

「武芸者になるために。わたしは武芸者になるより生きる道はないもの、と心得ておりますので」

「すでに武芸者だ。おそらくわしもかなうまい。よく修行された」

「まだ未熟です。門弟の端に加えていただければと思います」

「いま、どこに住んでおられる」

「お由さん、ご存じですか」

「知っている。丹波屋さんの女だ。いい女でな」

「そのお由さんに救われ、いま、その家におります」

「よければ、この道場に住まわれぬか、門弟に稽古をつけていただければ、給金を出してもよい」

「浪人のわたしにそのような」

「もちろん、丹波屋さんには、わしからさっそくにでも話す。明日からでも来ていただければ助かる」

「身に余るお話です」

「ならば、よろしいな。よそへ行かれては困る」

「よそへ行くなど、わたしは武者修行の身、行くところなどありません」

伝心斎には伝心斎の考えがあるのだろう。道場主が、わしもかなうまい、などとは口にせぬものだ。それだけに武蔵の腕を認めたのだ。

「これからもどって、引っ越す用意をしていただく。荷は門弟に運ばせる。あなたの部屋も、これより用意させる」

「先生」

「そう呼んでいただく。たてまえはな。わしはあなたのような方を求めていた。よろしく頼み申す」

伝心斎は頭を下げた。

「先生、そのようなことしないでください」

「誰も見ていないのでな」

と伝心斎は笑った。

2

翌日から、武蔵は村山道場に引っ越して来た。与えられた部屋の前は庭になっていた。居心地《いごこち》のよさそうな部屋である。

村山伝心斎は武蔵のために、稽古着を用意してくれていた。着ていた着物はお由が洗い張りしてくれていた。もちろん、お由はよろこんでくれた。

「ただの人とは思わなかったけど、よかった。落ち着き先が決まって」

いかに武蔵が十六歳と言っても男である。お由と一緒に住むのは気が重かった。お由は美しい女であり旦那があった。旦那の丹波屋もあまり面白くなかったのに違いない。お由を抱くのにも、武蔵がいては気になるのだ。

すべてがうまくいった。武蔵は運がよかった。お由に拾われなければ、こうはならなかった。

村山伝心斎は、武蔵の生まれた村を聞いた。そして、

「これよりは宮本武蔵と名乗られるがよい。平田武蔵よりも武蔵どのに合った名だ。そのほうがよい」

と言ってくれた。この日より宮本武蔵と名乗るようにした。

伝心斎が武蔵を迎えたがった理由はすぐにわかった。道場に他流試合の浪人が来た。伝心斎はその浪人と武蔵を立ち合わせた。

「稽古試合ではない。打ってもらってかまわん」

伝心斎はそう囁いた。これまでは他流試合の者が来ると、伝心斎が直接打ち合わなければならなかった。門弟の中には師範代も加えて、その者と打ち合うだけの腕のあるものがいなかった。

これでは伝心斎は安心できなかった。もっともこれまで道場が保《も》ってきたのは、伝心斎が強かったからだろう。

伝心斎は自分の楯《たて》になってくれる門弟が欲しかったのだ。他流試合を申し込まれれば受けて立たなければならない。伝心斎の腕だけで保っている道場だった。伝心斎が負ければ、相手を打ち殺さなければならない。殺さなければ金で話をつけることになる。そういうことを何度もやっていると道場の評判は落ちる。

伝心斎は、はじめから門弟を出さずに武蔵を出した。門弟を打たせたくなかったのだ。打たれれば怪我をする。

木刀を持って中央に出ると、

「宮本武蔵」

と名乗った。そして中段に構えた。相手は正眼に構える。そして剣尖《けんせん》をわずかに動かし青眼《せいがん》になった。正眼は眉間《みけん》に剣尖をつける。一方、青眼は左目につけるのだ。馴れないとこの青眼はうっとうしい。妙に気になり焦《あせ》る。そして打ち込むことになるのだ。気持ちに余裕がないから技を返される。

もちろん、その辺は武蔵には見えていた。間合いを詰める。浪人は木刀を振り上げる。そして、おやっという顔になった。わずかだが武蔵の立つ位置が違っていた。

門弟たちも武蔵が動いたのには気づかなかった。はっとなって、もとの青眼にもどす。そこでもまた武蔵の立つ位置が違っていたのだ。

切っ先を青眼につける。切っ先は左目から外れていた。青眼につけようとすれば、体をひねらなければならない。体をひねれば立っているのに無理がくる。足場を変えなければならない。

浪人にはそれがどういうことかわからなかった。見間違いではないかと思った。こんな若僧に、という気があった。

浪人は、いきなり気合いを発した。腹の底からの声である。足が床板を叩いた。木刀を振り上げながら打ち込んでくる。武蔵は相手の木刀を外し、すれ違いざまに右肩を打った。切っ先が肩に入ったのは、門弟の誰もに見えていた。

「軽い！」

と浪人は言った。

「次は、あなたは死ぬことになりますよ」

浪人の顔から血の色が引いた。浪人は武蔵が見えていなかったのだ。見えていないことに気がついた。とたんに木刀を投げ出していた。立ったまま、

「参った」

と言って引き退《さが》る。ワーッ、と門弟たちは声を放った。伝心斎はしきりに頷《うなず》いていた。伝心斎には武蔵が微妙に移動するのが見えていた。相手が木刀を振り上げるとき、一瞬だが両腕で視界がさえぎられる。その一瞬に武蔵は体を移動させたのだ。

だが、浪人には見えなかった。なぜ、立つ位置が違うのかがわからなかった。木刀を青眼にもどしたときも、何か欺《だま》されているような気がした。焦ったのは浪人のほうだった。それで一か八か、一気に打って出たのである。

このようなときには焦ったほうが負けである。武蔵は相手を焦らせたのだ。跳《と》

び込んで来た浪人の肩を軽く打った。人はわけがわからなくなると恐怖を抱く。次は死ぬことになると言われ、怯《おび》えた。つまり武蔵の相手ではなかった。二度打ち込むと、どこを打たれるかわからない。それで木刀を投げた。

浪人は諸岡甚左衛門《もろおかじんざえもん》と名乗った。三十五、六だった。道場破りに来たのだから、それなりの腕だったのだろう。もちろん武蔵がいなければ、伝心斎が立ち合っていたことになる。

諸岡甚左衛門が立ち去ったあと、稽古になる。門弟たちが、

「お願いします」

と言って打ちかかってくる。それを丁寧に受けてやる。次々に門弟が交代する。十人ほどの稽古を終え、それまで、と言って木刀を引いた。

とたんに門弟が打ち込んで来た。その打ち込みを外して小手を打った。門弟は木刀を投げ出し、左手で右手首を押さえた。

「それまで、と言ったはずです。もちろん、いつでも打ち込んでもらってけっこうです。でも、あなたたちは怪我することになります。死ぬことになるかもしれません。それを承知なら打ち込んでもらってけっこうです。わしも体を守らなければなりませんから」

門弟は武蔵が体から力を抜いたとき、隙とみて試しに打ちかかったのだ。武蔵の体はそれに反応した。門弟の動きが緩慢に見えた。それに応じて体が動いた。それが門弟でなければ強く打っていた。木刀を躱《かわ》しながら、相手が門弟であることが脳の中をよぎった。それで軽く手首を叩いた。そうでなければ門弟を打ち殺していた。

それを思うと寒気がする。打ち殺してただですむわけがない。この道場を出て行かなければならない。稽古は遊びではない、と叫びたかった。

二十歳すぎの、あるいは二十五、六の門弟が十六歳の武蔵に甘えているのだ。相手を試すということはむつかしいことである。試すからには、それだけの覚悟がなければならないのだ。

あるいは武蔵を打ち込んで、笑ってやりたかったのかもしれない。右手首は折れてはいなかった。打ち身だけである。数日は冷やさなければならないが、そのあとは腫《は》れも引いてくるはずである。もちろん、門弟のみんなが武蔵に敬意を払っているわけではなかった。

部屋にもどると、伝心斎がやって来た。

「今日はみごとであった。あのような技をどこで学ばれた」

「我流です」

「宮本さんには師がいるように思うがな」

「寺の和尚が教えてくれました。あとは山に入って木刀を振っていただけです」

「剣というものがよくおわかりのようだ」

「いまだ未熟です」

伝心斎は、紙に包んだものをさし出した。金であった。

「このようなもの、いただけません」

「なんの、たいした金ではない。これから他流の者が挑んで来たとき、立ち合ってくだされば、そのたびにさし上げよう。そのほうが張りがあってよろしかろうと思うが」

「いただきます」

と言った。いつこの道場を出ることになるかもしれない。そのときのために金は貯えておきたかった。飢えるのは気持ちのいいことではない。

武蔵はその日から、午《ひる》までは門弟を相手に稽古をし、午過ぎからは城下町を歩くようになった。狭い町である。一刻《とき》（二時間）も歩き回れば隅から隅まで歩ける。その帰りにお由の家に寄った。お由は洗濯ものを取り入れていた。

「これは武蔵さん、どうぞ上がって」

と言った。武蔵が訪ねて来てくれたのがうれしかったのだ。茶を出し菓子を出した。

「道場のほうはどうですか」

「何とかやっています。でも、わたしはよそ者ですからね」

「居づらいのですか」

「いまのところはまだ」

「居づらければ、ここへもどっておいでなさい」

「そうもいかないでしょう」

「武蔵さんも世間並みのことを考えるんですね。丹波屋弥兵衛は、そんな気の小さい人ではありませんよ。わたしには武蔵さんが弟のように思えるんです」

「弟さんはどうしました」

「ごろつき仲間に入って殺されたんです。五年前です。そのころ弟は十六でした」

「残念でしたね」

「おとなしくはない弟でしたからね。いずれはそうなったのでしょう。死んだとき、涙も出なかった。予想していたんですね」

出会ったときのように、お由は蓮《はす》っ葉《ぱ》な態度ではなかった。

「あなたも、剣士ならばいつ死ぬかわかりませんね」

「いつも、生きのびる方法を考えています」

「それがいい。まず逃げることですよ」

「逃げるんですか」

「逃げるんです。相手を殺せば恨《うら》みを買います」

「そうはいかんでしょう。剣で生きていこうというのですから」

「剣で生きていくというのはむつかしそうですね。どうしてそんな道を選んだのですか」

「剣を使う以外には生きる道がなかったのだと思います」

「でも、夢があるんでしょう」

「一国一城の主《あるじ》になりたい」

と言って、武蔵は笑った。その可能性はまったくなかった。まったくない、ということはわかっていた。それができなければ、せめて三千石くらいの侍になりたいと思っていた。そして軍を動かしてみたいと。

「ご馳走さまでした」

「ときどき遊びに来てくださいよ。ほんとはわたし淋しいんですよ。弥兵衛は十日に一度くらいしか来てくれないのです」

「そうしましょう。このところ午からは外に出るようにしているんです。門弟の人たちの相手ばかりしていると、疲れます」

「あなたでも疲れるんですか」

「芯《しん》が疲れるんです」

「でも、村山道場でもあなたに及ぶものはないと」

「そんなこともありませんがね、ではまた」

　と言って庭から出る。

　二丁ほど歩いたところで、目の前にうっそりと浪人が立った。諸岡甚左衛門だった。

「宮本武蔵、この間は木刀試合で負けたな。木刀の使い方がいかにうまくても、真剣はまた別だ。真剣勝負を教えてやろう。刀を抜け」

　甚左衛門は鯉口を切って刀柄に手をかけた。そのとき武蔵は跳んでいた。跳びながら脇差を抜いていた。そして、右手首を切断していた。

アッと甚左衛門は声をあげた。そのときには右手首は刀柄にぶら下がっていた。円覚は、後の先よりも先の先をとれと教えた。

甚左衛門は目を剝《む》いた。

「卑怯な」

「斬られてから卑怯と言っても間に合いませんよ。真剣勝負とはこのことです」

武蔵は脇差の刃《やいば》を拭《ぬぐ》った。一瞬に飛び込んで斬るには脇差が使いやすかったのだ。もちろん、甚左衛門には油断があった。刀を抜いて斬りかかってくるものだと思い込んでいた。いままでがそうであったように。武蔵は先に跳んだ。跳びながら脇差を抜いた。これも呼吸である。拍子だった。

脇差を鞘に収めて歩き出した。

「待て、武蔵、介錯《かいしゃく》しろ」

「左手で首筋を切るがよい。首を刎《は》ねてやる義理はない」

と言って歩き去った。

道場試合でも、人を打てば恨みを買うことになる。そして人を斬ることになる。だが、いちいち胸を痛めてなどいられない。剣士として生きるには仕方がないのだ。

一カ月ほど経って、城から使いが来た。武蔵のことが、城主小出吉政の耳に入ったようだ。そのほうの武芸を見せよと言う。

「未熟者ゆえ、参上いたしかねます」

と返事をした。侍二人はそのまま帰っていった。翌日には、昨日の侍二人がまた来た。

「未熟でもよいとのおおせだ。城に上がれ」

と言う。

「殿さまにお見せする芸など持ち合わせませぬ」

と断わった。

伝心斎は、城に上がれ、と言った。もしかしたらお召抱《めしかか》えになるかもしれないと。

小出吉政は、十六歳の剣士と聞いて興味を持ったのかもしれない。道場には吉政の家臣が多くいる。その者たちが城内で噂し合ったのかもしれない。

三日目にまた侍二人が来た。

「たのむ、登城してくれ、われらの面目《めんもく》が立たぬ。子供の使いではあるまいし、と重役にも言われた」

二人の侍は、十六歳の子供と聞いて、武蔵を安易に思っていたようだ。その態度が武蔵を不機嫌にさせた。

「わたしには興味がありません」

「殿がそう申されておる」

「わたしは、小出さまの家中ではございません」

「なんと、あまり強情を張るとためにならぬぞ」

これ以上断われば、この村山道場にもいられなくなるだろう。仕方なく我を折った。おのれのためでもあったのだ。

翌朝、侍二人は裃《かみしも》まで用意して来てくれた。

「髷《まげ》も結《ゆ》わねばならぬな」

武蔵は生まれてこの方、髷など結ったことはなかった。髪は長いまま後ろで束《たば》ねていた。このほうが髪を洗いやすいのだ。

「髪はこのままでけっこうです」

「御前《ごぜん》であるぞ、そのような髪で通ると思うか」

同役が袖を引っぱった。

「またごねられては面倒になる」

と囁いた。

「しかし、われらの役目がある」

「われらの役目は、宮本武蔵を城に連れていくことだ」

二人は言い争った。

3

宮本武蔵は、藩主小出吉政の前に坐っていた。髪は後ろで束ねただけだった。吉政は三十を過ぎたばかりの男だった。

「そのほうが宮本武蔵か」

「はっ、武蔵です」

「剣をよくするそうだな」

「いまだ未熟です」

「十六歳で未熟は当然だろう。未熟は未熟でよい。当家にも武芸者はいる。立ち合って見せてくれぬか」

武蔵は返事をしなかった。

「念流を使う、秋山十郎左衛門《あきやまじゆうろうざえもん》という。立ち合え」

「お断わりいたします。修行中の身でございます」

「修行中でもよい」

「恨みを生むことになります」

「そのほう、十郎左に勝てるつもりか」

「修行中の身と申しました」

秋山十郎左衛門という男、吉政の家臣ならば、いやでも立ち合わなければならないのだろう。十六歳の武蔵とは立ち合いたくないだろう。勝って当たり前ということになる。負ければただではすまなくなるのだ。武芸者の悲劇である。

だが、武蔵は断われないことは知っていた。城中まで来たのだから。

秋山十郎左衛門が呼ばれて姿を見せた。すでに四十に近い男だった。十郎左衛門は武蔵を睨《にら》みつけた。すでに威《い》の位《くらい》を使っている。もちろん、十六歳の武蔵に負けてはたまらないのだ。

庭に試合場が作られた。縁側に吉政の席がもうけられた。秋山は大刀を外して、白い襷《たすき》を掛けた。そして白い鉢巻を巻く。そして足袋のまま庭に下りた。武蔵は大刀を外してそのまま庭に立った。裸足《はだし》だった。二本の木刀が家臣の手で運び込まれ、一本ずつを手渡された。

「一つ、お聞きしておきます。これは稽古試合でございましょうな」

稽古試合は、木刀を肌すれすれに止めることを言う。ただ試合と言えば、相手を討つことになる。

「試合だ」

と秋山十郎左衛門が言った。

「そう、試合だ。どちらが負けても恨みはならんぞ」

秋山は体つきが大きい、六尺（一八〇センチ）はあるだろう。もちろん膂力《りょりょく》をため込んでいるのに違いない。それに目つきも鋭かった。

家臣たちが居並び、また、庭の両端にも家臣たちが試合を見ようとつめかけて来ている。もちろん、家臣たちは秋山が勝つと信じている。藩の剣術指南でもあるのだ。興味は武蔵がどの程度抵抗できるかである。

間《ま》は十間《けん》、秋山と武蔵は向かい合って立った。双方からゆっくり歩み寄って来る。秋山にはすでに殺気があった。殺気を先に洩らすということは、それだけで負けていた。

武蔵を叩き殺す気迫に満ち満ちていた。

「秋山どの、あなたの肩に死霊が取り憑《つ》いておりますぞ」

と何気なく言った。これは武蔵の策である。

「おのれ、何を言うか」

たいした剣士ではないようだ。おのれの気持ちも整理できないとは。秋山はいきなり、

「キエッ！」

と叫びを上げて打ち込んで来た。武蔵は受けた。木と木の叩き合う音がした。木刀をはね上げるようにして薙《な》いでくる。武蔵は見切っていた。見切りには生まれつきの能があった。武蔵はわずかに退《の》いた。

思いきり振ったために秋山の体が流れた。あわてて構えを直す。正眼から突きに来た。木刀の伸びる先まで体を退ける。秋山の体は伸び切っていた。切っ先は胸すれすれで止まっていた。体が伸び切っていて、切っ先はそれ以上伸び切っていた。そこで武蔵は木刀を叩いた。手からポロリと落ちる。

秋山はあわてて木刀を拾った。すでに勝負はついていた。だが誰も声をかけなかった。剣に心得のある者がいたら、そこまで、と声をかけるはずである。

吉政も家臣たちも、秋山の負けを認めたくなかったようだ。田舎大名の剣術指

南が強かろうわけはなかった。武蔵の半分も稽古はしていないだろう。

もっとも剣術は稽古だけではない。稟性《ひんせい》である。稟性のある者が一年稽古をすれば、俗人の十年に当たるという。武蔵は十六歳でも十二年の稽古をしている。秋山は木刀で殴りかかってきた。すでに剣を忘れてしまっていた。やたら殴りかかってくる。それを一つ一つ受けてやる。四十に近い秋山は肩で息をしていた。

上段から振りかぶって叩きつけてくる。木刀の速度はかなり遅くなっていた。武蔵は退いた。切っ先が地面を削った。その上から木刀をポンと叩いてやると、カラリと落とした。

「おのれ」

と肩で息をしながら脇差を抜いた。さすがに吉政が見かねて声をかけた。

「そこまで、そこまでじゃ」

数人の家臣が庭に飛び降りて、秋山を抱き止めた。それでも秋山は振り放そうともがく。

「見苦しいぞ、秋山」

と吉政が怒声を発する。そこでやっと秋山は力を抜いた。武芸者というのは憐《あわ》れなものである。芸を主君に見せなければならない。負ければ面目が立たないのだ。もっとも合戦となれば、武蔵よりもよい働きをするのであろうが。秋山は合戦向きの侍であったのだ。

武蔵は足を拭って上がり、吉政の前に坐った。

「宮本武蔵、みごとであった。十六歳であのような技を使うとは」

「未熟でございます」

「どうだ、余に仕えぬか」

「いまだ修行の身でございますれば」

「三十石でどうじゃ、召し抱えてやる」

武蔵は内心わが耳を疑った。二百石くらいで召し抱えると言うのかと思った。それがなんと、三十石である。三十石というのは足軽の身分である。

「六十石ではどうじゃ」

「修行の身でございますれば」

「望みがあるか、言うてみよ」

もっともこのころの大名は、武芸というものを軽く見ていた。しょせんは芸者である。

「三千石」

　と武蔵は言った。吉政をはじめ居並んだ重臣たちがゲラゲラと笑った。

「冗談でございます」

「六十石で余に仕えよ、将来、手柄を立てれば出世もできる」

「いまだ修行の身ならば」

「余の家臣になっても修行はできる。それに刀術など、いかに修行してもたかが知れている。合戦の役には立たぬものじゃ」

　言われてみればそのとおりだった。合戦で刀術は通用しない。鎧《よろい》は刀を通さないものだ。

「これよりさらに修行したく思います」

「そうか、残念じゃな」

　と吉政は言った。

　武蔵は城を出た。三十石、と呟いてみる。それだけの価値しかないのかと思う。自嘲した。人はそれくらいにしか見ていないのだ。何か落胆があった。吉政に三千石と言った。冗談ではなかった。もっともいまは無理であることは承知している。

あるいは、六万石の小出家では三千石をもらっている家臣はいないのかもしれない。家老職でせいぜい千石ではなかろうか。そう思えば三千石というのは埒外《らちがい》であろう。

だが、武蔵の目当ては三千石を禄《ろく》し、藩政にも参与することだったのだ。武蔵はせいぜい二百石だろうと思っていたのが、わずか三十石だったのだ。十六歳の武蔵には三十石でも召し抱えられるだけましだったのかもしれない。思い上がりというしかない。もっとも武蔵にはもともと傲慢《ごうまん》なところがあった。

秋山十郎左衛門には、手かげんしてやった。稽古試合ではなく試合だった。試合となれば相手を叩き殺してもよいのだ。もっとも秋山には殺意があった。武蔵を叩き殺すつもりだったのだ。

あるいは秋山は武芸者ではなかったのかもしれない。家中で刀術のできる者、ということで秋山が選ばれたのだろう。そう思うほどに秋山は刀法を知らなかった。

「待て!」

と後方で叫ぶものがあった。五人ほどの侍が追って来る。その中に秋山がいた。こういうことになるのではないかと思っていた。秋山は負けを認めきれなかったのだ。主君の前で恥をかかされた、と武蔵を恨む。

武蔵は足を止めて五人の侍を待った。走って来て秋山が武蔵の前に立った。

「宮本武蔵、よくもわしに恥をかかせてくれたな」

「手かげんしてさし上げたつもりですが」

「なにを、この若僧、木刀試合ではわしが負けた。だが木刀試合など遊びのようなものだ。だが、真剣勝負ではそうはいかんぞ」

「そうはいかないでしょうね。命を失うことになります。それでよろしいのですか」

間合いは二間あった。

秋山が刀柄に手をかけた。とたんに武蔵は動いていた。一気に間を詰める。脇差を抜き右手首を斬り落としていた。

「わっ」

と声をあげた。抜きかけた刀は右手首をつけて、鞘から抜け落ちて足もとに転げ落ちた。同時に武蔵は、秋山の右首筋を薙いだ。

「おのれ」

という声が声にならなかった。首が半分ほど割られて、そこにぱっくり口を開いた。一呼吸あって、首筋から、どっと赤い血が噴《ふ》き出した。秋山は体を回した。血が噴水のように振り撒《ま》かれ、四人の侍たちはあわてて退いた。

四人の侍たちは、まだ刀も抜いていなかった。秋山が武蔵を斬るだろうと思っていたのだ。手こずるようであれば加勢しようと。

武蔵は早く仕止めるために脇差を抜いたのだ。首を斬られて、秋山は、卑怯と叫びたかったのだろう。

まず、秋山は刀を抜いていなければならなかった。もちろん、武蔵がいきなり斬りつけてくるとは思わなかった。剣術を知らぬ者のやり方である。

斬り合いというのは、刀を抜き合い正眼に構えて、ヤア、と斬り合うものだと思い込んでいる。

武蔵は四人を振り向いた。

「刀術というのはこのようなものです。お抜きになりますか」

四人の侍は首を振った。そして四人は走り去った。このままですむわけはなかった。急いで村山道場にもどると旅仕度をした。伝心斎にことの次第を話した。

「残念だが、仕方あるまい」

ここにいては伝心斎に迷惑をかけることになる。そのあと、武蔵はお由の家に行った。お由は家にはいなかった。別れの手紙を書こうと思ったところにもどって来た。

藩士一人を斬ったことを話した。この出石の地を離れるより他になかった。秋山の仲間が大勢して押しかけるかもしれないのだ。お由は餞別をくれた。そして、

「達者で」

と声をかけた。しばらくはこの出石に落ち着けると思ったのに。大名が試合を見たいと望むと、たいていこんなことになる。剣士は主君の前で恥をかかされたと思い、相手を殺そうとするのだ。

あの場合、秋山十郎左衛門を打ち殺せばよかったのか。そのようなことはできない。秋山は小出吉政の家臣である。家中で十六歳の子供に勝てる者はいないのか、とさらに挑戦者を求めることになる。ついには武蔵が寄ってたかって殺されることになるのだ。

秋山に負けてみせるべきだったのか。あるいは引き分けに持ち込む。だが、十六歳の武蔵にはそこまでの狡猾《こうかつ》さはなかったし、世間ずれもしていなかった。せいぜい手加減してやるくらいのものだったのだ。試合を望んだ吉政が悪いという

ことになる。

こうなりそうなことはわかっていたので辞退したのだ。そして無理矢理試合をさせられ、三十石で召し抱えると言う。思い上がりもはなはだしい。

武蔵は足を止めた。

まさか、と思っていたのに、城下町はずれの街道に、二十人ほどの侍の姿が見えた。襷《たすき》をかけ、袴《はかま》のもも立ちを取り、頭には鉢巻を結んでいた。

武蔵を討ち取るための侍たちである。武蔵はそれを見ると反対方向に逃げ出した。逃げたと知った侍たちは追って来る。もちろん小出吉政の知らないことだろう。十六歳の剣士一人に、これほどのことをする必要はないのだ。

あるいは、秋山と一緒にいた侍四人は、秋山が抜く前に武蔵が斬ったと告げたのかもしれない。それで秋山の門弟たちが怒ったのかもしれない。

刀柄に手をかけたのは秋山のほうが先だった。だが、秋山が抜く前に右手首を斬り落としたのだ。仕掛けて来たのは秋山だった。だがひいきというのがある。いきなり武蔵が斬りつけて来た、と言うことになるのだろう。素人《しろうと》はこれだから困る。

斬り合いというのは、正々堂々と行なうものではない、と教えてくれたのは円覚だった。四人の侍の目には卑怯と映《うつ》ったのかもしれない。それで武蔵を討て、ということになったのだろう。

二十人がどっと追いかけて来る。山谷を駆けまわっていた武蔵のほうが足は速い。このまま逃げられもした。

だが、武蔵は逃げようとは思わなかった。相手が斬りかかるつもりならば、斬り合ってやろうという気になった。これも修行のうちなのだ。

しばらく走っていると、二十人の侍たちは縦《たて》に長くなる。足に遅速があるのだ。武蔵は足を止め、振り向いて刀を抜いた。そしていま来た道を走り出した。

侍の先頭が見えた。その侍に走り寄る。上段に振りかぶる。走り寄りざま、胸のあたりを薙いだ。

二人目が斬りかかる。それを見切っておいて、侍が前につんのめる。侍は躱《かわ》されて、アッと顔を上げる。武蔵はまた左から右へ横一文字に薙いだ。耳の下あたりに刃が閃《ひらめ》いた。

一人目の胸から血が噴き上がる。二人目の顔が横に裂けて飛ぶのを見ないで、武蔵は走っていた。十八人がまだ追って来る。武蔵はあまり距離をおかないように、つまり侍たちが追うのを諦《あきら》めないように、一定の距離を保っていた。侍たちは走るだけでへとへとになっている。

また方向を変え、侍たちに向かって走る。先頭の侍が足を止める。すでに息が上がっていた。それでも侍は刀を振り上げる。そこにつけ込んで薙いだ。刀柄を握った両手首が落ちる。手首を失ったことに気づかずに、斬り下げた形になった。手首から血が飛び散る。

走って来た四人目に刃をつける。相手は正眼に構える。武蔵の体が急に縮んだ。侍がアッと思ったときには向こう脛《ずね》が裂かれていた。そいつは足を抱いて転がる。

一人一人、どのように斬れるかを確かめるように斬っていた。

次に向かって来る侍は五人目だった。斬り込んで来るのを躱しておいて、左肩を雁金《かりがね》に斬り下げた。

村山道場の門弟たちの打ち込みを受け払いしていたせいか、相手の姿が見えかけていた。円覚は武蔵の打ち込みをすべて受け払った。武蔵の姿が見えるので、簡単に受けられるのだと言った。その姿というのが見えはじめていた。刀が動く前に、どう斬りかかってくるかが見えるのだ。すると見切りの術ができる。容易に躱すこともできる。

六人目の腹を薙いだ。腹を裂かれたとは知らずに斬りかかる。着物がパクッと開いた。その侍は動きまわる武蔵に向かうために体をひねる。すると腹の口がよじれて開くのだ。

そこから臓物が流れ出す。内臓は、はじめは白っぽかった。腸である。それがはみ出して前掛けのように垂れた。自分の腸を足でふんずけ、つまずいたように転がった。そこでやっと自分の腹が裂けていることに気づいて、呆然《ぼうぜん》となった。

七人目は左肩を斬った。左腕が外れ、だらりとぶら下がり袖から出て来た。左手はしっかりと刀柄を握っている。侍は左腕を振り払おうと刀を振る。だが左腕は離れようとしない。侍は足で左腕を踏んづけた。腕を失った左肩から血が流れ出す。その血が下半身を、醤油を浴びたように黒々と染めていく。

八人目は左腿を裂いた。重心を失って横に倒れる。袴の中から左足一本が抜け落ちる。

残った十数人の侍たちは及び腰になった。すでに戦意を失ったのだ。武蔵のすさまじい斬り方を見たのだ。味方が木偶《でく》のように斬られていく。武蔵の強さを知ったのだ。まさに剣鬼だった。

そのわりには武蔵はシラッとしていた。呼吸も乱していなかった。侍たちは、武蔵が自分たちの敵でないことを知ったようだ。また秋山十郎左衛門が及ばなかったこともわかったようだ。

武蔵はゆっくりと後ろに退いた。二歩三歩、五歩、六歩、だが侍たちは動けなかった。背を向けて刃を拭いながら歩いた。

このときになって、斬らないで逃げてしまうべきだったのか、と思う。十六歳の武蔵は逃げるということを知らなかった。師匠の円覚は逃げよ、と言った。逃げていれば八人もの人を斬らなくてもよかった。

「修行が足りんな」

と呟いた。だが、悟るにはまだ早すぎた。

後年、武蔵は勝てるとわかった剣士だけに挑んだという。もちろん、勝てる相手と思っても、勝てるとは限らないのだ。

五章　三十石

1

慶長五年（一六〇〇）九月——。

関《せき》ケ原《はら》合戦である。石田三成《いしだみつなり》が挙兵したのはこの年の七月である。東軍が徳川家康で、西軍が石田三成である。どういうわけか豊臣秀頼《ひでより》は参戦しなかった。

竹山城主新免伊賀守宗貫《むねつら》は、宇喜多秀家の陣に陣借りをした。秀家の武将の一人になったわけだ。

宮本武蔵は、昔の経緯《いきさつ》もあり新免宗貫の陣に駆けつけた。このとき十七歳である。宗貫は武蔵を士分に取りたててくれるだろうと思っていたのに足軽だった。雑兵である。平田無二の子であれば士分に取り立てられていたのだろうが。あつかいは但馬の小出吉政と同じだったのだ。

合戦においては武芸者など何の価値もなかったのだ。

関ケ原の合戦で西軍は大敗し、石田三成、小西行長《こにしゆきなが》、安国寺恵瓊《あんこくじえけい》らは、京都六条河原で討首になった。

西軍だった新免一党も落武者《おちむしゃ》である。一党は九州に落ちたという。武蔵も落武者になり播州竜野の円光寺に潜《ひそ》んだ。

この寺は浄土真宗本願寺《ほんがん》中興の名僧、第八世、蓮如上人《れんによしょうにん》の弟子で摂津多田源《せっつただげん》氏《じ》出身の刑部少輔《ぎょうぶのしょうゆう》景吉の子、多田祐全《ゆうぜん》が、文明《ぶんめい》十六年(一四八四)に蓮如の命によって、播州英賀《あが》の三木《みき》の懇請で英賀に創建、天正《てんしょう》六年(一五七八)四代祐《ゆう》恵《けい》の時に、織田軍の豊臣秀吉に追われて竜野へ移ったものである。

本願寺が織田軍と戦火を交えた時に祐恵は壇徒をひきいて大坂石山本願寺に馳せ加わり、味方の一隊が敵に包囲され、全滅かと思われたとき、祐恵は祖先祐全の宝剣をふるって敵を撃退した。

味方を救ったのを見て喜んだのは法主《ほっす》顕如《けんにょ》上人で、座右にあった朱柄《しゅえ》の大薙刀《なぎなた》と手もとの弁当箱を与えてその労をねぎらった。その品はいまでも円光寺に秘蔵されているという。

祐恵は龍野御坊《ごぼう》と称され、末寺多数を持ち、野《や》の武芸者たちがぞくぞくと集まって来たという。武蔵が隠れ家とするには一番ふさわしいところだろう。

円光寺は寺と言っても、武芸者が集まって来る所であり、関ケ原のあとも、尋ねて来る浪人は多かった。

高僧祐恵の孫に当たる七代祐甫《ゆうほ》は、はじめ多田半三郎頼祐《はんざぶろうらいすけ》と名乗って、浪人として各地を遍歴した。元和《げんな》五年（一六一九）に二十歳で出家してこの寺の住職となっている。この人は武蔵について剣を学び円明《えんめい》流の流祖となり、のちに寺内の道場で後進を指導した。

この祐甫の弟子三浦源七延貞《みうらげんしちのぶさだ》の門弟から、多田源左衛門祐久が出ている。この人は円明流と水野《みずの》流居合《いあい》を合わせて円水《えんすい》流を開いた。そして多田門下から中井孫《なかいまご》八郎《はちろう》が出て、この地方に円水流を広めたという。

ことこのように、円光寺は抹香くさい寺ではなく武芸の寺であった。剣といえばたいていは鹿島《かしま》、香取《かとり》から出るような神道派が多かった。だが、武蔵のように仏教徒から出た剣士も多かったのだ。宝蔵院《ほうぞういん》の槍《やり》も仏教から出ている。武蔵の師である円覚もまた僧であった。

京の吉岡家は紺屋（染物屋）であり神道であった。紺屋というのは古来神道に属する。仏教徒の武蔵が神道の吉岡に挑んだという説もある。神道者と仏教徒はお互いに相入れないものがあったという。もし吉岡家が仏教徒であれば、武蔵も挑まなかった。逆に言えば、吉岡家が神道だったから挑みやすかったということも言えるだろう。

武蔵は、関ケ原合戦で負けて、この円光寺に逃げもどって来た。武蔵が関ケ原でどのような戦いをしたかはわからない。合戦では武蔵の刀術は通用しなかったろうし、第一負け戦さである。しかも身分は足軽だった。いかに活躍したとしても、その名が出るわけもなかった。

円光寺に来て、武蔵は改めて自分の刀術を鍛えはじめた。朝鍛夕練《ちょうたんせきれん》である。夜明け前に起きると、庭で刀を振る。三千回ほど振るのだ。木刀の素振りは宮村にいるころ、いやというほどやってきた。いまは真剣である。迅《はや》さが違う。空気抵抗が少ないから、刀は速い。その速さに体と気持ちがついていかなければならない。

素振りを繰り返すことによって、刀は体の一部分になる。刀に笛の音を発して、ピタリと止める。もちろん、ただ振り回すだけではなく、眼前に仮想敵をつくる。仮想敵は正眼に構えたり、上段に振りかぶったりする。そこを斬り込むのだ。ヒュッ、ヒュッと笛が鳴る。

もちろん仮想敵も動く、その動きに応じなければならないのだ。見せ太刀《たち》という言葉がある。斬るのではなく、相手に自分の太刀筋を見せ、その反応を見る。そこから太刀行きがさまざまに変わるのだ。

武蔵は稽古に打ち込んだ。月日は流れた。

その稽古が終わるころに、茶を運んで来る女がいた。そのころ武蔵は十八歳になっていた。女は住持祐恵の遠縁の者ということで、寺に手伝いに来ていた。

寺の剣術道場には、多くの剣術者が訪れる。泊まり込む者もいる。通って来る者もいる。それらの世話が必要なのだ。近所の女たちが手伝いに来る。お祐《ゆう》はその中の一人だったのだ。

いつごろからかお祐は、武蔵に茶を運ぶようになった。梅干が一個ついてくる。乾いた体には茶と梅干が何とも快《こころよ》かった。お祐は武蔵と同じ年だった。女も十八になればりっぱな女だった。

お祐は、ある男と祝言《しゅうげん》をあげた。その男は間もなく病死してしまった。それからはずっと一人である。どんなに美しくても、女は一度結婚すれば傷ものである。再婚するには後妻の口しかなかった。後妻の話はいくらもあったが、お祐は独り身を通してきた。後妻というのは先妻の子がいたりして面倒なものである。そういうことがお祐はいやだったのだ。

「お祐さんの淹《い》れてくれた茶はうまい。生き返るようだ」

「それはよろしゅうございました」

交《か》わす言葉は少ない。武蔵は十八になっても、まだ女を知らなかった。但馬《たじま》の出石《いずし》にお由という女がいた。女といえばそれくらいのものだ。もっともお由とは何もなかった。

お祐は毎朝茶を運んでくれる。武蔵が稽古をやめるころに、お祐が姿を見せる。いまではお祐が姿を見せると、もうそのような時刻かと武蔵は稽古をやめるようになった。

「武蔵さまは、剣だけですか」

「と言うと」

「女には興味をお持ちにならないのですね」

「女とは無縁のものと思うている」

「でも、女を抱きたいと思うたことはないのですか」

武蔵は苦笑した。お祐が自分に好意を寄せていることはわかっていた。そうでなければ茶など運ぶわけはない。だけど、武蔵はお祐を誘わなかった。

もちろん女欲はある。だが、その欲望も剣の稽古で消耗していた。武蔵にとって剣術がすべてだったのだ。

もっとも剣術はいかに強くなろうと、それほど価値のないものと知った。出石の城主小出吉政は武蔵は三十石が適当と判断した。新免伊賀守も足軽としてしかあつかわなかった。剣術者というのは人を斬るのが巧《たく》みというだけの存在でしかない。鎧《よろい》武者では相手にならないのだ。すでに無用の長物でしかない。

だが、武蔵には剣術以外には何もなかったのだ。迷いは捨てていた。剣にのめり込んでいく他はないのだ。

「わしにあるのは剣だけです」

と言うしかなかった。

「わたしが茶を運ぶのは迷惑ですか」

「そのようなことはない。有難いと思うている」

「わたしをお嫌いですか」

「嫌いなことはない。好きだと思うておる」

「剣術だけで、わたしのことなど入り込む余地はないのですね」

「そう思うていただくより他はないな」

「冷たいお人」

と言ってお祐は去って行く。

その後ろ姿を見送っていた。わしは剣だけに生きているのか。剣以外は何一つやれないほどに余裕がないのか、と呟《つぶや》いてみる。余裕がないのはいけないことではないのか。

朝餉《あさげ》をすまして道場に出る。すると、すでに何人か来て稽古をしている。その一人と稽古をする。相手に打ち込ませて、それを受ける。相手の木刀ではなく、相手の体の動きを見ていた。

この道場では、まだ十八歳と若いが、武蔵に及ぶ者はなかった。相手の打ち込みを受けていたのが、突然、受けなくなる。相手の木刀を躱《かわ》すのだ。足を使って右へ左へと躱す。

「思いきり打ちかかって来られよ」

と言うと、相手はむきになって打ち込んで来る。それを躱す。相手は木刀を床板に叩きつける。手が痺《しび》れて木刀を落とす。それを拾ってまた打ち込んで来る。

もちろん、武蔵の木刀は自在に動いている。木刀を突き出す。それにぶつかって相手はひっくり返る。軽く小手《こて》を打つ。あるいは胴を払う。

真剣では受けられないのを知っている。受けることに馴れてしまうと、とっさのときに受けてしまうのだ。宮本村の円覚和尚は、老いて体が動かないから受けるのだと言った。若い武蔵は受けてはいけないのだ。動いて躱す。躱しながら打つ。

武蔵の打ち方には、他の流派のように型というのがなかった。時に応じて自由自在である。真剣での斬り合いに型などということは、武蔵には無意味であったのだ。

それも武蔵個人の天性であった。人の真似《まね》のできないものである。他流には組太刀というのがある。これはすべて型から入る。だから教えやすい。だが、武蔵の剣は武蔵だけのものだから、他人に教えられない。

一人で剣を練るしかなかった。他流の者は師から型を教わる。だが、武蔵は型がないから教えようがない。だから門弟には優秀な者が来なかった。武蔵の剣がわかるには、武蔵と同じような天性がなければならなかった。

天性があって四歳から剣を学び、稽古をしてきた。火のような稽古だった。武蔵に及ぶものがなくて当然だった。だが、世の中にはどのような剣客がいるかわからないのだ。稽古だってこれでよしという限界はなかった。

剣の稽古がむなしくなったら、剣士としてはおしまいなのだ。何のために稽古をしている、と思うようになることを、武蔵は一番恐れた。剣に疑問を持つということは、そのまま剣士廃業ということになる。

2

武蔵は与えられた居間にいた。このところ稽古するより考える時間が多くなった。恐れていたことがやってきたのだ。

何のために剣術の稽古をするのか、わからなくなってきたのだ。以前はこんなこと、考えたこともなかった。

剣術日本一になったとしても、どれほどの価値があるのか。疑問である。また出石藩の小出吉政のことが思い出される。三十石だった。武蔵がめざしているのは三千石だった。そこには雲泥《うんでい》の差があった。

小出吉政が特に軽く見たというわけではなかった。新免伊賀守も同じだった。実父でないまでも義父の平田無二は、新免家の重臣である。それが武蔵を足軽にしか取り立てなかったのだ。

他の大名たちも同じだろう。徳川家に召し抱えられた柳生又《また》右衛《え》門宗矩《もんむねのり》も小野次郎右衛門もそれぞれ二百石であったという。それくらいが最高なのか。

三千石は不可能なことのように思えてくる。おそらく不可能であろう。よくて二百石だろう。ふつうの大名では二百石はとても出せまい。大大名で二百石出せるかどうか。二百石で召し抱えられたとしても、手柄を立てて出世することなど、そうできはしない。

何か無駄なことをしているような気がする。いかに剣を磨いたとしても無駄なことなのだ。生まれて十八年間もまったく無駄だったことになる。

体の中から力が抜けていく。こういう考え方をするようになってはおしまいだ。

「宮本さん」

と障子の外から門弟が声をかけた。

「何ですか」

「あなたと立ち合いたい、と武芸者が来ていますが」

「どうしてわたしと」

「宮本さんの伎倆《ぎりょう》は売れているようです。宮本さんを打てば名が上がる、と考えてのことでしょう」

「いま行きます」

と返事した。誰か名のある者と試合して勝てば、おのれの名が上がると考えている武芸者は多いようだ。名を上げると大名が召し抱えてくれるかもしれない、という思いがあるのだろう。

このところ浪人が増えた。関ケ原で負けた武将たちは領地を取り上げられている。その家臣たちはすべて浪人になったわけだ。その中のいくらかは、徳川方の大名に召し抱えられた者もいる。だが、それはごくわずかだ。

武蔵は部屋を出て、道場に入った。その道場の中央に髭むくじゃらの、体のごつい浪人が坐っていた。三十過ぎだろう。目がらんらんと輝やいていた。武蔵はその浪人の前に立った。

「わたしが宮本武蔵ですが」

浪人は立ち上がった。

「なんだ、おまえが宮本武蔵か、まだ子供だな」

と笑った。

「この円光寺の道場に、宮本武蔵という達人がいると聞いて来た」

「お帰りなさい。あなたでは相手になりません」

「何だと、子供のくせに大きな口をきくではないか、おい、木刀を持って来い」

「あなたの名前を聞いておきましょうか」

「田畑伝蔵《たばたでんぞう》だ」

「わたしに打たれて死ぬことになりますよ。身内の方が泣くことになります」

「なにを、言わせておけば、叩きつぶしてくれるわ」

と田畑伝蔵はわめいた。

「早く木刀を持って来い。おまえみたいな男に負けてたまるか」

「追い返してください」

と門弟に言った。門弟二十人ほどが稽古をしていたのだ。

「おのれ、逃げる気か」

田畑は詰め寄った。武蔵は振り返った。そして門弟に二本の木刀を持って来させた。それを田畑と武蔵が把《と》る。

とたんに、わあーっ、と叫んで田畑が打ち込んで来た。武蔵は木刀の下をくぐった。そして立ち直ろうとするところを手首を打った。

田畑は、うむと唸《うな》って木刀を上段に振りかぶろうとした。右手首が動かなかったのだ。田畑はうろたえた。

「おのれ！」

と叫んで左手を振り上げる。木刀を払った。木刀は田畑の手から抜けて宙を飛んだ。その木刀が、けたたましい音を立てて床板に落ちた。

「どうします。左手で打ち合いますか。あなたはまるで武術というのを知らない。それでよくわたしに挑んだものですね」

「ちくしょう」

と叫んだ。武蔵から見れば素人だった。力があるだけである。力があるから武芸もできるのだと思い込んだのだろう。

武術とはそれだけのものだ、と軽視されているのだ。この場にいる門弟たちにだって、この男は打てたはずである。

刀を振り回すことができれば、それで剣士だと思い込んでいる者が多い。この田畑伝蔵という浪人もその一人だったのだろう。刀を振り回す力があればそれで足りると考えている。

そのあとで武蔵は祐恵の部屋に足を運んだ。このところ祐恵は老いて木刀も手にしなくなった。気力が失《う》せたのだ。剣客は気力が失せると駄目になる。勇猛だった祐恵も、すでに駄目になっていたのだ。

「老師、わたしは旅に出ます」

十九を迎えた朝、武蔵はそう言った。

「どうかしたのか」

「疑問が生じました」

「旅に出て、疑問が解けるのか」

「それはわかりません。ですが、ここにじっとしていてもはじまりません。旅に出れば、何かにぶち当たるものと思います」

「お祐がそなたを恋しがっている」

「それもあります」

お祐の態度は、武蔵には迷惑でもあったのだ。武蔵はお祐を抱く気はなかった。だがお祐の熱はだんだん上がってくるようだ。

「よかろう、武蔵どの、旅に出なされ。修行するには旅がよい。お祐にわからぬようにな。女とはこわいものじゃ」

祐恵はそう言って餞別をくれた。武蔵はその日のうちに円光寺を出た。荷などあろうはずもなかったのだ。

山陽道を東へ向かう。江戸という所へ行ってみようと思ったのだ。江戸には剣豪もたくさんいるだろう。これらの人たちと手合わせをしてみたかった。

はじめに旅に出たのは十四歳だった。あのときはまだ子供だった。あれから五年が経つ。背丈も伸びて五尺八寸（一七五センチ）ほどになっていた。すでに大人である。旅にも馴れていた。

大坂から京に着いた。京に吉岡兵法所があることには気づかず通りすぎた。京から先は東海道になる。桑名《くわな》から先は海路と陸路がある。陸路は佐屋路《さやじ》という。

武蔵は佐屋路をとった。海というのは苦手《にがて》だった。海路七里という。桑名を出ると宮《みや》に着く。佐屋路は桑名を出ると、長島《ながしま》、佐屋、神守《じんしゅ》、万場《まんば》、岩塚《いわつか》、宮となる。宿場ではない馬継場《つぎば》である。もっともそれぞれに人家はあった。

この佐屋路には賊が出ると言われていた。人の往来も少なく、道幅も狭くて、気味悪い街道である。

佐屋路に入ると、そこに二十歳ほどと見える女が立っていた。その女が、

「佐屋路に行かれますか」

と聞く。

「いかにも」

「ならば、お供させてくださいませ」

と言う。旅は道連れという。女は道連れを待っていたのだ。

「船で行かれればよいのに」

「わけあって佐屋路を行かなければなりません」

と言う。そのわけまで立ち入って聞くこともなかった。賊が出る。そのことは予想しておかなければならない。女をどう守るかである。

女はお糸《いと》と言った。商人の娘で、江戸に用があって行かねばならないのだという。商人の娘ならば供がいるはずである。一人旅というのもおかしなものだ。当時は女の一人旅というのは稀《まれ》だった。第一、旅籠《はたご》も女一人では泊めてくれないのだ。その辺を聞くのもためらわれた。

女は苦手なのだ。お祐から逃げて来たように。

佐屋路に分け入った。ときたま人とすれ違うほどである。ひっそりとした街道だった。佐屋もまた七里である。たいていは一日で通り抜けられる。だが女の足は遅い。武蔵は悔みはじめていた。これでは、山の中で日が暮れてしまう。

悔んでもどうにもならない。なるようにしかならないのだ。日が暮れたら街道は暗くて歩けなくなる。日が暮れて万場で宿をとった。宿と言っても木賃宿が一軒あるだけだった。武蔵一人ならば夜になっても宮宿《みやのやど》まで歩いていったろう。

もちろん野宿にも馴れていた。

木賃宿は、広い部屋に雑魚寝《ざこね》である。旅芸人がいて、旅商人がいる。浪人が三人いた。このところ、浪人があちこちに増えていた。関ケ原以来である。

武蔵は着たまま横になる。雨露をしのげるだけましだった。夜中に異様な気配に目をさました。女が武蔵の刀を摑んでいた。その手首を叩いた。賊が襲って来たようだ。

武蔵は刀を抱いて外へ走り出た。とたんに家の中で叫びや悲鳴が湧き上がる。外には月が出ていた。そこは畑になっているらしい。

月明かりがあれば昼間も同じだった。武蔵が刀を抜かなかったのは、同宿の人に怪我させたくなかったからだ。と言っても、賊に襲われれば同じことだが。

あの女、何者だったのだろうと思う。女は武蔵の刀を奪おうとした。もちろん眠りこけていても刀を奪われはしない。女も賊の仲間だったのか。

今夜、宿に泊まった中には金を持っていそうな者はいなかった。せいぜい旅商人がいくらか持っているくらいだろう。それなのに木賃宿まで押しかける。身ぐるみ剝《は》いでいくつもりなのか。もちろん、盗賊たちは斬らない。斬っては着物が台なしになるからだ。

女が盗賊の仲間だったとは思いもしなかった。武蔵も金は持っていなかった。金目のものがあるとすれば刀と脇差だ。

座敷にボーッと灯《あか》りがついた。行燈《あんどん》に火が入ったのだろう。

「侍がいない」

と女の声がした。

「ここにいる」

と畑から声をかけた。障子から盗賊が二人、三人と出て来た。どうやら五、六人らしい。三人の浪人がいたがどうしたのか。座敷にいた者は縛り上げられて、一人一人服を脱がされていくのだろう。

三人の盗賊はゆっくり歩み寄って来る。

「命だけは助けてやる。わしらは人殺しはしたくねえ、刀と身ぐるみ脱いで消えろ」

「いくらの稼ぎにもならないだろうに、よくやるな」

「ぐずぐず言わずに脱げ」

盗賊は刀を抜いた。刀ではない長脇差《どす》ふうの刃物だった。

「おまえたちは相手を見る目がないな」

女を見抜けなかったのだから、おあいこだろう。武蔵は刀を抜いた。

「なに、わしらとやろうというのか」

「裸になるわけにはいかんのでな」

「おーい、出て来い」

と、宿の中に声をかけた。たしかに三人が出て来た。あと一人女がいる。合わせて七人組なのか。女が障子のところに立った。

武蔵は走り寄りざま、一人を雁金に斬り下げた。左肩から腹のあたりまで斬り裂いた。賊は目を剝《む》いた。

刀を振り上げる二人目の胴を抜いた。三人目の頭を垂直に斬った。三人があっさり片付いた。一呼吸のうちだった。

そこで武蔵は一呼吸ついた。

一人目の左肩が体から離れた。そこに三角の空間ができた。そこからどす黒いものが流れ出す。

二人目はそのまま転がった。一刀両断、上半身と下半身を斬り離していた。両方からどろりとしたものが流れ出す。まるで尻尾《しっぽ》を切られた蜥蜴《とかげ》のように這っていた。どこに行こうというのか、両手でしきりに這う。腹からは臓物が流出し、それを引きずっていた。

三人目は、額から頤《おとがい》まで斬り裂かれ、両目とも飛び出ていた。それが両頬にぶらぶらと揺れる。頭を斬られても両目は飛び出すものらしい。大原村の有馬喜兵衛も目玉を飛び出させて死んだ。

あとの三人は、逃げ出すかと思ったが、自分たちだけ逃げ出すわけにはいかないと思ったらしく、武蔵に向かって斬りつけて来た。

四人目の両腕を薙《な》ぎ斬った。五人目は首を刎《は》ねた。その五人目の髷《まげ》を掴んで、六人目に投げつけた。賊は仲間の首を抱いた。さらにその首を刎ねた。その首は鈍い音を立てて畑に落ちた。土が軟《やわ》らかいために弾《はず》みも転びもしなかった。

六人目が斬られたとき、女は悲鳴を上げて逃げ去った。

「剣術もこうした役には立つんだ」

と武蔵は呟いた。こうしたことだけにしか役に立たないのかと思う。そのために十五年間も剣の修行をしてきたわけではないのだ。

座敷に入ってみると、五人が縛り上げられていた。この暗闇の中でよく縛り上げたものだと思う。賊には賊の術があるのだろう。

武蔵は旅芸人の縄を解いてやった。旅芸人は四人の縄を解いた。

「おかげさまで助かりました」

と旅の商人が両手をついた。

3

商人は、荒木屋吉之助《あらきやきちのすけ》と言って、尾張《おわり》・清洲《きよす》の城下に荒物問屋の店を持っているという。浪人三人と旅芸人は街道を西へ行く。吉之助は武蔵について来た。吉之助は京まで行った帰りだと言った。もちろん、昨日のうちに清洲に着くはずだったが、この万場まで来たとき、これから先に賊が出たと言われ、ここで足を止めたのだという。

それも賊たちの企《たくら》みだったのかもしれない。

「あなたさまは、命の恩人でございます」

「なんの、賊たちは命まで取るつもりはなかったようだ」

「いいえ、わたしはあなたさまに助けていただきました」

「そう思うておればよい」

「これより、どこにおいでになります」

「江戸だ」

「ならば、清洲のわたしどもの家にお泊まりいただくわけにはまいりませんか」

「先を急ぐ旅ではない」

「有難うございます」

清洲は、文禄四年（一五九五）、福島正則《ふくしままさのり》が十八万石の城主となったが、慶長五年（一六〇〇）関ケ原合戦の直後、正則が安芸《あき》・広島《ひろしま》に移封され、あとを受けて徳川家康の四男松平忠吉《ただよし》が武蔵・忍《おし》より五十二万石の城主として入封した。名古屋城ができるのは慶長十五年である。

清洲は五十二万石の城下町である。町も広かったし賑《にぎ》わっていた。活気のある町だった。

荒物問屋荒木屋の店も大きかった。おもに家庭用品、笊《ざる》、箒《ほうき》など生産地から仕入れて来て荒物屋におろすのである。今回も京に行っての帰り途《みち》だった。

荒木屋吉之助は、武蔵をもてなした。一応は旅の垢《あか》を落とすことができた。旅をしていればこういうことにもぶち当たる。

円光寺で迷いを生じたときから、武蔵は大人の顔になった。

盗賊六人を斬った。斬ってよい者たちだったからではない。挑んで来たからだ。その結果、荒木屋を助けたことになった。おのれの刀法は、賊を斬るくらいのものなのだ、と考える。

武蔵の夢は次第に萎縮していく。三十石が頭の中にある。三千石をめざしているのに、人は三十石にしか見てくれない。いつか三十石が三千石になるのであろうか、と思い、それは不可能なことだと思う。

武蔵は傲慢であり、矜《ほこ》りが高かった。

吉之助は、夕餉《ゆうげ》に酒を出した。

「酒は呑まぬ」

と言った。酒を呑んだことはなかったのだ。

「お若いのに、武者修行でございますか」

「武者修行がいかんか」

「いいえ、おつらいことだろう、と申し上げております」

「つらくても、わしにはこれしか生きる道はない。子供のころからそう思い込んできた」

三千石を禄したいための修行である。それが不可能に思えてきた。三千石がどういうものであるかはどうでもいい。とりあえずは目標をそこにおいたのだ。

いまは三十石でしかない。三千石はあまりに遠すぎた。一介の剣客ですますには、武蔵の望みは大きすぎたのか。三千石は雲の遠い彼方《かなた》にある。人の一生は短いのだ。おそらくそこまではたどり着けまい。歩けば歩くほど、雲の彼方は遠くなっていくような気がする。迷いはさらにもつれていく。

剣士としての盛りは三十五歳という。それからは少しずつ落ちていく。そう思うと、武蔵は先が短いような気がしてくるのだ。

小出吉政の家臣、秋山十郎左衛門はどれほどの禄だったのだろうか、と思う。武蔵のような剣士がやって来れば、武芸者として芸を披露しなければならない。勝って当たり前、負ければ無惨なことになる。

武蔵は、秋山十郎左衛門に武芸者の姿を見たと思った。秋山はいつも武芸者が訪れるのに怯《おび》えていたことだろう。主君のほんの気まぐれで面目を失うことになるのだ。負けると恨みが生じる。武蔵を殺そうとして逆に斬られてしまう。

武蔵は秋山の立場に自分を置いてみる。おのれに及ぶ者はない、と思っていても、おのれをしのぐ者が現われるかもしれない。勝って当たり前なのだ。武芸者というのはそういう宿命を持っているのか。

武者修行の者たちは、おのれの剣で召し抱えられたのだ。そのために修行する。運よく召し抱えられたとしても、秋山の運命が待っているのだ。

「女はいかがでございましょうか」

と吉之助は言った。

「この清洲にはよい女が多くいます。お望みならば、酒の酌《しゃく》などいたさせましょう。酒はお呑みにならなかったのでございましたな。よい女のところにご案内いたしますが」

「女などいらん」

武蔵はそっけなかった。女といえば円光寺のお祐を思い出す。しまいには、お祐は、抱いてくれ、と言った。女はおのれからはそういうことは言わぬものだと思っていた。

お祐の向こうに母がいた。母は平田無二の後妻となった。無二は母を抱くために後妻にしたのだ。その辺が武蔵の女に対する原点なのだろう。

「剣術道場はあるか」

と聞いた。

「いくらもございます」

出石の町とは違っていた。五十二万石の城下町である。関ケ原の合戦でほぼ戦国時代は終わった。鎧を着ることもない。すると素肌剣法になる。鎧を着ているときは技よりも力が勝《まさ》ったのだ。だが鎧がなくなれば、技が必要になる。清洲城には五千人からの家臣がいる。剣術を習っておきたいという家臣も少なくないのに違いない。家臣たちは二刀を腰に差している。いざというときには、その刀で主君のお役に立たなければならないのだ。刀の使い方くらいは知っておかなければならない。家臣たちはすでに力の時代でないことを知っていた。

それに、合戦がなければ仕事はないのだ。ただ暇を弄《もてあそ》ぶだけだ。それならばといって、町道場に集まってくる。暇つぶしでもあったわけだ。ある日、武蔵は町へ出た。町の中を一刻《とき》（二時間）ほど歩いてみた。その間に十軒ほどの剣術道場があった。その一軒の門前に立った。門の看板には、神陰流、十橋如見斎《じゅうばしにょけんさい》とあった。

門に入るのに迷った。岡山の道場のことが思い出された。脅されてすごすごと逃げ去ったのだ。三十人の門弟が囲んで襲いかかれば、いかに武蔵でもどうにもならないだろう。そのときは十四歳だった。五年前になる。

斬り死にするつもりで門を入った。玄関に立つと声をかける。しばらくは誰も出て来なかった。人が出て来るまで待った。もう一度声をかける。

道場では、木刀の打ち合う音、床板を踏み鳴らす音がしていた。大勢の門弟が稽古をしているようだ。三度声をかけて、やっと門弟が汗を拭《ぬぐ》いながら出て来た。

「何用だ」

「十橋先生に一手ご指南いただきたい」

「他流試合か」

清洲の家臣であろう。横柄だった。

「ご指南いただきたい」

「他流試合であろう」

「他流試合です」

門弟は、武蔵を軽く見ていた。

「名を名乗れ」

「宮本武蔵」

「流派は」

「円光寺流」

と言った。武蔵はこれまで流派など考えたことはなかった。剣術には必ず流派が必要なものらしい。

「待っておれ、聞いてくる」

侍はそう言って引っ込んだ。侍はやがて姿を見せ、

「上がれ、ただし無事にこの道場を出られるかどうかわからんぞ」

と脅した。履物《はきもの》を脱いで上がる。板戸を開いた。そこは道場だった。左右に多くの門弟が居並び、十組ほどが木刀を叩き合っていた。

「そこに坐っておれ」

と侍は言った。隅に座して稽古を見ている。門弟たちは木刀を叩き合っているだけだ。技などというものではない。

みな、武蔵のことなど忘れてしまっているようだ。それでもよかった。門弟たちの稽古を見ているのも悪くはない。この門弟たちは剣に強くなろうと思って通って来るのではない。家禄というものを持っている。剣術に強くなる必要はないのだ。

やがて、正面の高座に四十年配と思える男が坐った。これが十橋如見斎だろう。門弟たちとはちがった身なりである。代稽古とみえる男が声をかけた。すると門弟たちは稽古をやめて左右に坐り汗を拭う。

「他流試合の方、これへ出られませ」

と声をあげた。武蔵は立って刀を腰に差した。刀を奪われては逃れられなくなる。

「名と流派を名乗られい」

「円光寺流、宮本武蔵」

代稽古は、門弟の中から名を呼び上げられ、出て来る。武蔵は木刀を貸し与えられた。

道場主の十橋如見斎は、じっと武蔵を見ていた。門弟が木刀を構えて、

「お手やわらかに」

と言った。

「こちらこそ、よろしくお願い申す」

門弟は気合いを上げて打ちかかってくる。武蔵はそれを受け払った。そして木刀を叩き落とす。

二人目が出て来た。その者の打ち込みも受けて木刀を落とす。落ちた木刀を拾って打ちかかるような真似はしなかった。素直に参ったと言う。武芸で生きている侍たちではなかった。

三人目が出て来た。いくらかは強いかと思ったが、前の二人と同じだった。三人目が去ると、

「そこまで」

と如見斎が言い、立ち上がって道場を去る。門弟の一人が歩み寄って来た。

「十橋先生が、宮本どのとお話ししたいと申されておられる」

門弟のあとについていく。座敷に通された。そこに座していると、如見斎が入って来た。手に三方《さんぽう》を持って坐ると、三方を畳の上に置いて滑《すべ》らせた。三方の上に紙包みが載《の》っていた。

「若いのに、よくあそこまで達せられた。わしなど及び申さぬ」

「そのようなことは」

「たいていは見るだけでその人の腕はわかる。そこもとの足の運びはみごとであった。わしは勝てる相手としか立ち合わぬことにしている。わしが負けてはこの道場は潰れる。剣術道場も商売でござるよ」

と如見斎は笑った。

武蔵は三方の上の金を懐中に入れて立ち上がった。そして道場を出る。武蔵には合点《がてん》がいかない。いまは剣術も商売なのか。如見斎は門弟と立ち合う武蔵を見

ていた。及ばぬと知った。それで金を出して追い払う策に出たのだ。そのほうが怪我がなくてすむ。武蔵のような若僧に負けては、門弟は他の道場に走ってしまう。道場主は威厳を保たなければならないのだ。

「剣術も商売に堕《だ》してしまったか」

と呟いた。理屈としてはわかる。だが何とも胸くその悪いことだった。

4

武蔵は江戸に来ていた。徳川家の城下町である。天下は徳川家康のものとなっていた。もっともまだ大坂城には豊臣秀頼がいた。秀頼派の大名も少なくないのだ。大坂城を攻め落とさなければ、天下は徳川のものとは言えない。

慶長八年（一六〇三）、武蔵は二十歳になった。この年の二月、家康は将軍になり、江戸幕府は開かれた。諸大名に命じて町づくりをはじめる。また諸大名に土地を貸し与え、屋敷を造らせる。

大名たちの家臣も江戸詰めとなる者が多くなる。江戸は人で膨《ふく》れ上がることになる。

将軍家に剣術指南役が二人いることは知っていた。柳生又右衛門宗矩《むねのり》と小野次郎右衛門忠明《ただあき》である。この二人に挑もうと思って江戸に来た。

この二人と立ち合って勝てば、将軍家に召し抱えられるかもしれない、と思ったのだ。まず柳生家を探した。柳生の屋敷は道三河岸《どうさんがし》にあると聞いた。

道三堀は辰《たつ》の口から銭瓶《ぜにがめ》橋の間をいう。むかし、この堀の南側に今大路玄朔延寿院道三法眼《ほうげん》という徳川家の侍医が住んでいた。そのため道三河岸と名づけられたという。道三に限らずこのあたりには医師が多かった。

慶長のころには柳町と呼ぶ遊女屋もあったという記録がある。堀から西への路地を入る。その突き当たりが柳生家の屋敷である。河岸の表側はすべて町家になっていて、さまざまな店が並んでいた。

柳生家はひっそりとしていた。道場の門らしいものはない。道場は屋敷の奥に作られているのだろう。武蔵は柳生家のくぐり戸を叩いた。門番が顔を出した。

「拙者《せっしゃ》、宮本武蔵と申す。ご当家の主人柳生又右衛門どのに一手お教えいただきたくて参上した」

と言った。門番は困った顔をした。

「当家では、そのようなことはいたしておりません」

「そのほうでは話にならない。柳生どののご門弟にお目にかかりたい」

門番は困って奥に入った。しばらくして柳生家の家臣とみえる侍が姿を見せた。

「当家の主人は、将軍家の指南役である。他流の者とはお会いにならぬ。早々にお立ち去りくだされ」

「立ち合おうとは言わぬ、拙者の術を見ていただきたいのだ」

「主人は、そのほうらを相手になさるわけにはいかないのだ」

木戸がピシャッと閉められた。立場を考えろと言うことだろう。それから何度も木戸を叩いた。だが門番も返事をしなくなった。これでは取り付く島もない。

たしかに身分が違いすぎたのだろう。

いかに剣に強くても武蔵は浪人である。相手にされるわけはなかった。剣も身分というのがあるのだ。剣の強弱は関係ない。

柳生又右衛門に会えればと思っていた。会えれば将軍家に推挙してもらえるのではないかと。だが望みは断たれた。世の中はそれほど甘くないということだろう。

もう一人、小野次郎右衛門がいる。どうせ同じことだろうと思い、飯田《いいだ》町に足を向けた。人に聞きながら飯田町に着いた。そして小野家を探した。それほど大きな家ではなかった。表門があり裏に回ると道場の門があった。表札などというものはない。

門を入って玄関に立つ。声をかけると三十ほどとみえる侍が出て来た。

「拙者、宮本武蔵と申す未熟者でござるが、小野先生に一手ご指南いただきたく、まかり越しました」

「ちょっと待ってくださいよ」

と言って、侍が姿を消す。そして待つ間もなく四十もなかばと見える男が姿を見せた。小野次郎右衛門は慶長八年に四十五歳になっていた。

「わしが小野次郎右衛門だが。宮本武蔵さんとか、どうぞお上がりなさい」

と言った。武蔵は上がった。そして道場に案内された。武蔵にとっては意外だった。小野次郎右衛門その人がいきなり現われるとは思っていなかった。

「他流試合ですか」

「先生に一手お教え願いたいと」

「同じことではないのかな。そのような言い方は面白くない。この小野に立ち合えと言えばそれでよい。では、お相手いたそうか」

と、気軽に木刀を二本持って来て、一本を武蔵に渡した。そして正眼に構えた。

「わしは、天下一だと思うている。だから、誰が挑んで来ても受けることにしている。天下一の武芸者が他流を拒むわけにはいかんのでな」

武蔵も木刀を構えた。そして、アッと思った。次郎右衛門の姿が大きな岩のように見えたのだ。これまで立ち合ってきた剣術者たちとはまるで違っていた。次郎右衛門の目は半眼《はんがん》である。木刀は見ていなかった。武蔵の全身を見ているのだろう。

武蔵も次郎右衛門の体つきを見ていた。どう動くかである。ところがまったく動かない。武蔵が動けば、とたんに打たれるだろう。剣士としての盛りはとうに過ぎているはずなのに、気力は充実していた。

世の中にはこんな剣士もいたのか、と改めて思った。天下一だと言った。それも本当のようだ。動けば打たれる。次郎右衛門もそれを知っているのだ。

これではいつまで経っても動けない。勝負は決しない。

心臓の動きがおかしくなった。じっとりと汗ばんでくる。胸のあたりが圧迫されるようだ。このままではぶっ倒れてしまう。目が血走っているのがわかった。

武蔵は木刀を落とした。そして膝をついた。

「参りました。及びません」

「そうではない、武蔵さんは迷っている。そうだろう。あんたが負けたのではない。若いのによくそこまで稽古された、と言いたいところだが、武蔵さんには足りないものがある」

「足りないもの……」

「まあ、よい、わしの部屋に来なされ。わしと武蔵さんの差を聞かせてあげよう」

と言って、次郎右衛門は武蔵が落とした木刀を拾った。そして箱の中に立てかけると道場を出た。廊下を歩いて住まいのほうに行く。

座敷に入った。庭が見えていた。下男とみえる男が酒膳を二つ重ねて運んで来た。

「わたしは酒はいただきません」

「だろうと思っておった。ついでに女も知らんと言うのだろう。いくつになられる？」

「二十になりました」

「若いのう。武蔵さん、そこまでの剣境に達するのに十年早い。剣だけ早くうまくなったので、いろいろなものを忘れてきた。そうは思わないかね」

「よくわかりませんが」

「剣では、おそらくわしに負けてはおらん」

「いや、及びません」

「武蔵さんがわしに及ぶわけがない。三十になってその剣境に達すればよかった。早く強くなりすぎた」

「剣術だけがわたしの生き甲斐《がい》でした」

「さもあろう。よくわかる。だが、あんたは世の中の成り立ちを無視しておる。あんたは強い、だがわしには勝てん。なぜだかわかるかな、わかるまい」

「わかりません」

「酒が呑めないのを無理にはすすめん。わしは失礼していただく」

次郎右衛門は盃《さかずき》に酒を注《つ》ぎ、うまそうに呑む。

「わしの生き甲斐は剣などではない。この酒だ。酒なくして何の人生かね。この気持ち、酒を呑まない人にはわかるまい」

武蔵には次郎右衛門の言っていることがわからない。

「酒を呑むと酔う。酔った頭で考えることと、しらふの頭で考えることとは違う。この違いをはっきりと見極《きわ》めることだ。武蔵さんはいま迷うている。剣術が限界に来たのではないかと、そうだろうが」

「そうかもしれません。但馬の出石で、殿さまに言われました。三十石で召し抱えてやろうと。わたしの剣は三十石の価値しかないのだろうかと、それが悩みのタネです」

「なるほど、武蔵さんは自分を高く売りたいわけだ」

ずばり言われて、武蔵は次郎右衛門の顔を見た。

「いくらで売りたい？」

「三千石」

と言った。だが次郎右衛門は笑わなかった。

「小さいな、それでは一国一城の主《あるじ》にはなれんな。いまわしは六百石だ。召し抱えられたときには二百石だった。関ケ原で戦った。その手柄でいまは六百石だ。わしはこれで不足だとは思っていない。六百石あれば楽に暮らしていける。柳生又右衛門は、いま三千石くらいであろう。あの人は柳生一門がついている。三千石では足りまい。わしはこのようにのんびりと生きているが、又右衛門どのは目が回るほどに忙しかろう。わしは三千石を欲しいとは思わぬ。六百石で足りている。わしの六百石はわしが生きている間は変わるまい。だが又右衛門どのは、やがて万石の大名になるはずだ」

「わかりません」

「又右衛門は、武蔵さんに遠く及ぶまい。又右衛門は剣で将軍家に仕えているのではない。徳川幕府の政事《まつりごと》に参加している。すでに又右衛門には剣などどうでもいいことなのだ。剣術とは人を斬る術である。人を斬ることがなくなれば無用の長物となる。但馬の殿さまが武蔵さんに三十石と値《ね》をつけたのは当たっている。何の働きもしていないものに、三十石以上は無駄というものだ。三十石で仕官して、その殿さまのために働き、手柄を立ててはじめて禄は上がってくる。禄はおのれで摑むものでしかないのだ。剣がいかに強くても、それだけでは値はつかぬものだ。つまり、ただも同然ということだ。わしはな、ただで二百石をいただいたわけではない。この江戸で盗賊を斬った。その手柄で二百石を与えられた。剣客として召し抱えられたのではない。いかに剣に秀《すぐ》れていても、それだけでは何の価値もないのだ。その辺をよく考えてみることだな」

次郎右衛門は手を拍《う》った。襖《ふすま》が開いて女が酒を運んで来た。二十五、六か、色の白い色香がある女だった。

「加代《かよ》、そこに坐れ」

と次郎右衛門は言った。美形というのではないが、女らしさがあった。

「これは、わしの妾《めかけ》だ。愛妾というべきかもしれんな。わしは女が好きでな」

と言って、次郎右衛門は肉づきのいい腿を撫でた。

「殿さま、このようなところで、お客さまもおいでになります」

「しばらく我慢せい。わしはいまこの武蔵さんに、剣というものを教えている」

次郎右衛門は、衿もとから手をさし入れた。加代は、アッと声をあげてうつむいた。乳房を揉んでいる手つきだった。

「小野先生」

「なんの、気にすることはない。加代にもわかっていることだ。女とはよいものだ。二十にもなって女を知らんとは、これこそお笑い草だ。さっき武蔵さんと立ち合っていたとき、わしはこの加代の体のことを考えていた。するとけっこう間が保《も》つものだ。武蔵さんは心臓の動きがおかしくなった。口が渇《かわ》いてきた。そして汗が流れ出す。どうしてだかおわかりか」

「わかりません」

「武蔵さん。剣をここまで極めていながら、あんたには余裕がないのだ。だからわしに負けた」

次郎右衛門は、加代の膝に手をかけた。そして着物の前を剝《は》いでいく。前を左右にはねのけた。白い腿があらわになった。加代はうつむいていた。もちろん、人前で肌をさらすのは恥ずかしいだろう。腿はよく肉がつき、白く、美しかった。

次郎右衛門は腿の間に手を入れた。両膝は拡がった。加代が声をあげた。

「これまでだな。これ以上は見せられん。加代、よく我慢した」

加代は乱れを繕《つくろ》って部屋から去って行った。

「わしがなぜ、このようなことをして見せたか、おわかりかな」

「わかりません」

「武蔵さん、あんたはきれいすぎる。人は生きていれば自然に汚れていくものだ。二十歳ならばすでに大人だ。人は自分から汚れていかなければならん。あんたは汚れまいと突っ張っている。だから余裕がない。だからわしに勝てんということになる。女と酒に汚れなされ、すればわしにも勝てるようになる」

「酒と女ですか、わたしにはその二つとも駄目なようですね」

「うむ、押しつけることはないな。酔った気分と女を抱いた気分は、やってみなければわからないことだ」

武蔵は首を振った。

六章　稽古《けいこ》試合

1

京・一乗寺村――。

宮本武蔵は、村長《むらおさ》の家の与えられた一室で酒を呑んでいた。相手をしているのはお品である。

吉岡憲法との試合は明日である。辰の五ツ半（午前九時）までに所司代に行くことになっている。吉岡憲法などに負けるわけはないという気がある。あの白豚のような憲法である。問題は憲法が発する気である。

その気が、どれほど剣術に抵抗できるのか。気とは一体何なのか。わからないだけに無気味である。眠っている鳥の眠りを覚ますだけのものではない。

憲法は、近くに武蔵がいると知って気を発した。武蔵を不安がらせるためではないだろう。剣術だけなら武蔵が上だ。あのような体つきで、まともに剣が使えるわけはないのだ。

武蔵は手を伸ばしてお品の腿に触れた。肉づきのいい腿である。女の体というのは触《さわ》れば快《こころよ》いものだ。柔らかくて暖かい。

銚子《ちょうし》を振ると空《から》になっていた。

「もう一本、もらって来ましょうか」

武蔵は、うん、と頷《うなず》いた。いまさら試合について考えることはなかった。一人でいるとつい考え込んでしまう。それでお品を呼んだ。酒を呑んで女の体を抱けば、それだけ時が過ぎてくれるのだ。何も考えることがないと言いながら、何もすることがなければ考え込んでしまう。そしてぬめりに嵌《は》まり込んでしまうのだ。

どうせ嵌まり込むのであれば、女の体の中のほうがよい。挑戦状を突きつけたのは悪かったのかもしれない。こちらで場所と時刻を決めた果たし状のほうがよかったのかもしれない、などと思ってもすでに遅いのだ。

お品が銚子を持って現われた。酒膳の向こうに膝を崩して坐る。それが妙になまめいていた。色香は充分なのだ。双眸《そうぼう》も艶《つや》に染まっていた。すでにその気になっている。お品の背後にはすでに夜具が敷かれている。行燈《あんどん》の灯が風もないのにはためいた。

お品の盃に酒を注《つ》いでやる。白い咽《のど》をひくつかせる。

再び女の腿に手を触れた。腿を上下に撫でまわす。膝のあたりの前をめくった。横座りになっているから、膝頭がすぐに顔を出す。その頭を撫でながら、手を奥に滑《すべ》らせる。前が開いて白い肌をさらした。

女の腿は妖《あや》しく美しい。男の手に撫でられるためにあるようだ。撫でているうちに、明日の試合など忘れてしまう。それだけの価値が女の体にはあった。手を奥に伸ばしていく。白い太腿があらわになった。だがまだ、はざまはふさがれている。

そこへ無理に指を押し込もうとすると、お品は膝立ちになった。酒膳をわきに押しのける。お品は武蔵の両肩に両手を置いて体を支える。

膝頭を開く。手ははざまに届いていた。はざまを上下に撫でる。すでに娘ではない。二十六といえば、すでに中年増《なかどしま》である。いきなり体を重ねるよりも、このような遊びを好む年ごろでもあった。

切れ込みの中に指を埋める。とたんにお品はアッと声をあげた。切れ込みの中に指を滑らせる。熱い露があふれ出ていた。指先が肉の芽に触れると、声をあげて腰をゆすった。その反応が色っぽい。肉の芽を摘《つま》んでやる。ヒッと声をあげた。かすかに指の腹を押し当て、指を震《ふる》わせてやる。尾を引く声をあげて、腰を振るのだ。お品は彼の肩に顔を押し当てていた。

指を重ねて壺の中に没入させる。アーッと声をあげて、はざまを手に押しつけてくる。

「寝間《ねま》入りしましょう」

と細い声で言った。お品は立って夜具に入った。武蔵も立って夜具に体を滑り込ませる。お品が抱きついてきて、股間をさぐる。そして一物を手にした。湯上がりに下帯は外してきたのだ。

尖端にはぬめった露が出ていた。指が尖端をなぞる。お品は体を起こすと、股間に顔を埋めてくる。そして尖端に舌を這わせる。

武蔵は天井を見ていた。さまざまな思いが天井に渦《うず》を巻いていた。

お品は一物を根元まで咥《くわ》えた。一物を咥えることには馴れていた。咽に尖端を押しつけてくる。そしてじっとしていた。押しつけているだけで快いのだろう。鼻で呻《うめ》いた。

武蔵は左側にある女の尻を引き寄せた。そして着物をめくって丸い尻を剥《む》き出しにした。尻を撫で回しておいて尻の溝から手を伸ばす。指が切れ込みに届いた。そこは熱くぬめっている。あふれ滴《しただ》らんばかりである。露が指に絡《から》みついてくる。

お品は尻を引くと、そのまま男の腰に跨《また》がってくる。そして尖端を壺口に当てると、尖端だけをつるんとのみ込んだ。そして根元までのみ尽くす。とたんに声をあげて腰を振り回しはじめた。武蔵は両手で尻を引き寄せた。襞《ひだ》がしきりに一物を捉《とら》えようとうねっているのがわかった。お品はしきりに声をあげている。

翌朝、武蔵は卯《う》の六ツ（午前六時）に目を覚ました。そのときにはお品の姿はなかった。顔を洗い、そして髭を剃《そ》り髷《まげ》を結《ゆ》い直した。昨夜はお品がいたおかげで時間は潰れ、よく眠れた。頭は爽やかだったし、体も軽くなっていた。

村長の屋敷を出たのが、辰の五ツ（午前八時）に少し前だった。もちろん村長には別れを告げなかった。もどって来るつもりである。

この一乗寺村にも長く居つづけたような気がする。憲法との試合を終えたならば、九州へ行ってみようと思う。九州にはさまざまな剣士がいる。それらの者たちと立ち合えば、あるいはどこかの大名に召し抱えられることになるかもしれない。

吉岡憲法などに勝ってもたいして名は上がらない。あるいは京に足を止めることはなかったのかもしれない。宮本武蔵の名が上がると、どこかの大名から声がかかる。だが京で名が売れても、それだけのことだ。京には大名などいない。だったら江戸のほうがいい。徳川将軍家から土地を与えられて、大名たちが屋敷を建てているという。大名たちは江戸に集まることになる。国元と江戸を往復する。大名の半分くらいは江戸にいることになるだろう。

だが、九州も捨てがたい。九州の大名たちは武芸が好きである。街で武芸者として名をなせば、登城せよということになる。大名の前で試合することになる。勝って召し抱えられる。武蔵はそういう夢を思い描いていた。

浪人暮らしはもういい。あてのない浮草のような暮らしには飽きがきていた。飽きがきたと言っても、召し抱えてくれる大名がいないことには、いまの暮らしを続けていくより仕方がないのだ。

何かの役に立って村長の家に泊めてもらうのはいい。だが、今度のように長くいるといやがられる。世話になっている村長も、このところいい顔をしなくなった。たしかに村に盗賊や浪人が押し入ったときには、心丈夫であり役に立つ。だがそうでないときには邪魔な人間なのだ。

別れを言って来るべきだったかな、と思う。別れを言えば餞別のいくらかはくれたはずである。

2

紙屋川の岸辺で、吉岡憲法は釣糸を垂れていた。明日は宮本武蔵との試合である。勝つという気負いはない。焦《あせ》りもない。だが負けはしないだろう、という気がある。

二年ほど前から、剣術を極《きわ》めることにどんな意味があるだろうと疑問を抱いていた。だから稽古もしなくなった。毎日をぶらぶら遊んでいるだけなのだ。

ただ一つわかっていることは、吉岡兵法所を自分の代で潰してはならない、ということだった。

兵法所を維持していくというのは大変なことだった。いつ、おのれより強い剣士が現われるかもしれないという怯《おび》えは、ずっとつきまとっている。その怯えに疲れた。

道場は弟の又七郎に預けた。たいていのことは又七郎でしのげるのだ。又七郎は憲法の考えている怯えはない。自分の背後には憲法がいるからだ。兵法所には責任を持たなくていいのだ。

それに、自分より強い剣客はいない、と信じ込み、思い込んでいる。単純なところのある男だ。たしかに毎日、道場で稽古している。それで腕は上達していると考えている。

門弟たちも、気はともかくとして、腕は憲法よりも又七郎のほうが上だと思っている。剣術が何であるかを考えていない。

もちろん、毎日稽古していれば、体は自在に動く。すると上達しているように思う。天性もあるのだ。高弟たちもおそらく、天下に又七郎に及ぶ者なし、と思っているのに違いない。

剣術とはそんなものであるはずはない、と憲法が考えはじめたのが二年前である。道場にも出ないで遊びはじめた。だが、遊び呆《ほう》けているわけではなかった。考えはじめたのだ。剣術とは考えなければならないことだと気づいたのだ。剣客であることをやめ、普通の人の立場から剣術を見てみようと思ったのだ。

酒を呑み、女を抱き、そして釣りに行く。傍目《はため》には、遊び呆けているように見える。だが酒を呑んでいても、女を抱いていても、そして釣りを楽しんでいても剣術のことばかり考えていた。

剣術は稽古するだけではなく、考えるべきものでもある。普通の剣士はそこに気づかない。技を争い合うだけだと思っている。技だけだとどうにもならない壁にぶつかってしまう。稽古するむなしさがわかってくるのだ。技には限界があるということだろう。

人は剣術を極めたと思う。これ以上はないと思い、おのれに勝つ者はいないと考える。自分は達人になったと思う。

つまり、技の極限にたどり着いたと思う。それで納得するのだ。だが、それは壁の一枚にすぎないのだ。当人はそのことに気づかない。その壁は破れるものである。だが破ろうとはしない。その先はないのだと思い込んでしまう。これが達人という状況だ。又七郎はその典型で、達人に達したと思い込んでいる。

憲法はその先を考えたのだ。

昼間は遊んでいて、深夜になると屋敷を抜け出て、森の中に座す。そしてさまざまな妄想を寄せ集める。それを一年ほど続けた。そして気なるものを知ったのである。気とは認識、特に意識の技化したものだ。想念を妄想に統一するものだ。

一年ほどで気がわかってきた。それを少しずつ磨いてきたのだ。精気、気迫などと似ているが、似て非なるものである。憲法は壁を突き抜けたと思った。気を知ったときに、剣術の稽古のむなしさを知ったのだ。剣術とは稽古するものではなく、考えるものであったのだ。

又七郎と対峙《たいじ》しても、又七郎には憲法は打てない。自分のほうがふっ飛んでしまう。もちろん、又七郎には気などというものはわからない。なぜふっ飛んだのかを不審に思うだけだろう。

この年の春、憲法は比叡山に登った。その途中で賊が出た。山刀を突き出し、着ているものをみな脱げと言った。追剝《おいは》ぎである。

憲法はその賊に気を発した。すると動けなくなった。顔は強張《こわば》っている。

「その山刀でおのれの首を刎《は》ねよ」

と命じた。賊は泣き出しそうな顔で、山刀を首筋に当てて斬ったのである。もっともこの賊は武芸をまったく知らない男だった。それで憲法の言いなりになったのだ。

剣術者には気迫があり気力がある。そのために賊のようにはならない。憲法の気はさらに磨いていかなければならないものである。

憲法は紙屋川に糸を垂れていた。魚を釣るつもりはなかったので餌《えさ》はつけていなかった。浮き下一尺という。水深は一尺あって流れている。

ゴリが泳いでいるのが目に入った。憲法は気を発した。ゴリは死んだように白い腹を見せて浮き上がって来た。そして流れていく。一間ほど流れると、ゴリは急にバタバタとはね、水の中に泳ぎ去った。

気を発するには、もちろん気力がなければならない。むやみに気を発するものではないのだ。

この日は、憲法は気力を貯えるために六条柳町には足を向けなかった。

翌十月十八日、辰の五ツ（午前八時）に、憲法は二条の所司代屋敷に入った。試合は五ツ半（九時）である。憲法は余裕を持って足を運んだのだ。

所司代屋敷ではすでに用意ができていた。憲法は、白い襷《たすき》を掛け、袴のもも立ちを取り、頭には白い鉢巻を巻いた。

試合は稽古試合である。相手を打たずにその寸前に木刀をぴたりと止める。それが作法である。ただの試合は木刀で打ち合う。骨が折れたり、肌が裂けたりする。故意に打てば相手を殺すことにもなるのだ。

所司代の板倉伊賀守が検分役をすることになっていた。自分で言い出したのだ。念のために言っておくが、板倉には剣術などまったくわかっていなかったのだ。

時刻になっても宮本武蔵は現われなかった。憲法は笑った。そういう策を取る男だったのか。苛《いら》つかす、怒らす、ということがある。苛立ったら、それだけ損することになる。

所司代の庭を、与力《よりき》や同心《どうしん》が取り巻いていた。この見物人たちが苛立ちはじめた。

「遅れて来るのは武蔵の手であろうと思われる。おのおのがた、気を長うなされ。日暮れ前には現われよう」

と憲法は言った。板倉も、そんなものかと頷いた。試合というのは、時刻に来て、木刀で打ち合うもの、と思っているのだ。

武蔵は半刻（一時間）ほど経って姿を見せた。遅れたことについては何も弁明しなかった。そして、ゆっくりと仕度をする。柿渋で染めた鉢巻も何度も結び直した。

そして庭の試合場に出て来る。間を十間（一八メートル）とって左右に立っっていた。双方共に右手に木刀を下げている。憲法は大刀を外して脇差だけ帯びていた。武蔵は大刀も腰にしていた。武蔵にしてみれば敵地である。刀は手放せなかったのである。

「やあッ」

と武蔵が声を発する。憲法もそれに応じた。武蔵が走り出した。憲法はその場で待っていた。三間に近づいたとき憲法は気を発した。武蔵はずるずると足を滑らせる。

まるで帯の後ろに縄でもつけられ、引っぱられているようだった。憲法は歩み寄って、上段から木刀を打ち下ろした。それを武蔵は木刀で受けた。

板倉伊賀守は二人を見ていた。武蔵がなぜずるずると退《しりぞ》いたのか、わからなかった。木刀を二、三度打ち合う音がした。そして二人はパッと左右に分かれた。

「そこまで」

と声をかけた。二人は左右に分かれて動かなかった。憲法を見ると、白い鉢巻が赤く染まっていく。額を打たれたのだ。

武蔵はと見ると、鉢巻が柿渋染めであるだけに、血が流れていてもわからない。

「宮本どの、その鉢巻を取ってもらえまいか」

「お断わりする」

と武蔵は言った。板倉伊賀守は双方を見て、

「引分けとする」

と声を発した。武蔵も憲法も文句をつけなかった。憲法は剣術を知らぬ板倉に言っても無駄だと思ったのだ。武蔵はおのれが負けたのは知っていた。

武蔵は一礼すると、さっさと去って行った。憲法は鉢巻を外して血を拭《ぬぐ》った。血はすぐに止まった。

板倉は武蔵が勝ったと思った。血を流したのが憲法だったからだ。見ている与力、同心たちも同じだったろう。しかし、もしかしたら武蔵も額に血を流しているのかもしれないと思って、板倉は鉢巻を取るように命じた。武蔵はそれを拒《こば》んで去って行った。確かに武蔵は無傷であった。

憲法は弁解したくなかったので口を開かなかった。剣のわかる人が検分役に立っていれば、憲法が勝ちであることはわかったはずである。

「稽古試合というのは、木刀が相手の体に触れぬのを作法とする」

憲法はそう叫びたかったのだ。武蔵の木刀が憲法の額に触れる前に、憲法の木

刀は面を取っていた。だが、作法によって、肌に触れる前にピタリと止めていた。

そこで武蔵は、参った、と言うべきだったのだ。それを言わずに憲法に打ち込んだ。武蔵が打ち込む前に、板倉は、そこまで、と声をかけなければならなかった。だが板倉にはそれが見えなかった。憲法は勝負はついたと思って気を抜いた。そこを打たれたのだ。

稽古試合でなければ、武蔵は頭を割られていたことになる。

「不覚なり」

と憲法は呟いた。決まった、と思って気を抜いたことがいけなかったのだ。俗に言えば残心がなかったことになる。憲法は武蔵を一流の剣士と思っていたのだ。それなのに、負けを知りながら打ち込んで来た。

人を信じてはいけない、ということは知っていた。だが憲法は武蔵を信じていたのだ。その思いが裏切られたことに腹が立った。

考えてみれば、宮本武蔵はただの浪人だったのだ。浪人を信じたおのれを恥じた。武蔵は一流の剣士ではなかった。又七郎が言ったように、田舎剣術者だったのだ。矜《ほこ》りもない男だった。

3

八坂《やさか》神社の南楼門《ろうもん》から石鳥居までの間に二軒、茶屋があった。西を藤屋《ふじ》、東を中村屋《なかむら》と言った。いずれも参詣人《さんけい》目当ての腰掛茶屋《こしかけ》である。店先に茶釜を置いて看板のようにし、客に茶を出す。これに小皿に盛った香煎《こうせん》をつけた。これを口に入れると香りがよく気分がよくなる、と言ってもてはやされた。これが祇園《ぎおん》のもとである。

宮本武蔵は八坂神社の境内《けいだい》にいた。忸怩《じくじ》たるものがあった。憲法に負けたのだ。

それにしても、あの見えない壁のようなものが迫って来たのは何だろう。ふっ飛ばされそうになって、やっとこらえた。足がずるずると滑った。ふつうならばふっ飛ばされて二転三転しているところである。妙に体が重かった。体が凍りついたように堅《かた》くなっていた。

そのとき憲法は打ち込んで来た。その木刀を受けた。人の目には受けたように見えたが受けきれなかった。憲法の木刀は頭の上でピタリと止まった。髪には触れていたようだ。

参ったとは言えなかった。それで夢中になった。二合、三合打ち合って、木刀が憲法の額に当たった。

相手に血を出させたほうが負けである。だから憲法は白い鉢巻を巻いて出て来たのだ。それを検分役は知らなかった。憲法に味方したつもりで〝引分け〟と言った。そこで、負けたのはわしだ、とは言えなかった。忸怩たるものがある。武芸者としてはしてはならないことをしたのだ。

稽古試合でなければ、憲法の一閃《いっせん》で頭を割られていた。それはともかく、あの厚い壁のようなものは何だったのだろう。足を擦《す》ってどうにか踏みとどまったものの、体はこちこちになっていた。

あれは妖術だったのか。負けはしたが、あのような術を使うとは卑怯《ひきょう》だ。もっとも剣術に卑怯はないことは知っている。どのような手を使われても、負けは負けなのだ。それにしても、と思う。

八坂神社の石に長い間坐っていた。

あの白豚のような男が何だ、と思っていた。簡単に勝てると思っていた。少し高慢になっていたのかもしれない。剣客はおのれの腕がある時点に達すると、天下一と思う。おのれに及ぶ者はないと傲慢になるのだ。だが、上には上があるものだ。

武蔵は八坂神社を出た。茶屋の美女たちが客を呼んでいる。このまま旅に出るには懐中が淋しかった。一乗寺村に一度はもどろうと思う。これまで世話になった礼を言って旅に出よう。すればいくらかの餞別が出るだろう。

今夜は村に泊まって明日出立《しゅったつ》すればよい。京には少し長くいすぎたようだ。どこか大きな城下町に行き、高札を立てる。そして挑む者があれば、これと立ち合って打ち負かす。すると、領主にその名が知れ召し抱えということになるかもしれない。

京にはそういう可能性はなかった。大名がいないからだ。それでも京にやって来た。それだけ京は魅力があったのだろう。

一乗寺村にもどった。そして、村長に世話になった礼を述べ、明日出発すると言った。すると村長は、ちょっと待ってくれ、と言った。

「宮本はん、もう少しいておくれやす」

と言う。近隣に盗賊が出ているという噂があるという。その盗賊がこの村にも来るかもしれないのだ。それを無視して村を出ることはできない。

「ならば、もうしばらく、お世話になるとするか」

と呟いた。与えられていた部屋に入った。そして畳の上に仰向けになる。旅というのはつらいものだ。雨露をしのぐところもないし、腹を充たす方法もない。もしいくらかの餞別をもらったとしても、食うのに十日も保《も》てばいいほうだ。そのあとは運がなければ三日も四日も食えないことになる。

野のうさぎを獲《と》ったり、野草を食って飢えをしのぐことになる。運がよければ悪党を殺して飯にありつくことになる。自然に耳で悪党の噂を聞き、目で悪党を探すことになる。武者修行の者にとっては、悪党は飯のタネでもあるのだ。

この村に入って悪党を退治した。だからこうやって村長の家に世話になっている。それもたいていは一日か二日なのに、もう半月もこうしているのは珍しいことなのだ。

武者修行というのは剣の修行だけではない。どのように生きのびていくかが、修行の第一なのだ。

武蔵は二十六だった。武者修行で一生を終えるわけにはいかないのだ。どこかの大名に召し抱えられたい。どこかに落ち着きたい。その焦りもあった。

家の者が酒膳を運んで来た。村長の心づくしだろう。坐り直して舐《な》めるように酒を呑む。酒は高価なものである。めったに口にできないものだ。

酒は呑めるときに呑む。女は抱けるときに抱く。贅沢《ぜいたく》は言っていられないのだ。飯が食えて酒が呑めて、その上に女が抱ける。武蔵にとっては極楽のようだった。こういうところから出て行くのはつらいことだった。

どれほど世話になれるか、まず村長の顔色を見る。まだ大丈夫だな、と思い、もうそろそろ限界だなと判断する。流れ歩くと、つい人の顔色を見る習慣がつくのだ。これは悲しいことだが、生きていくためには仕方がない。

ちびりちびりと酒を呑む。酔いが少し回ってくると、吉岡憲法との試合が頭の中に浮かんでくる。武蔵は、かつて人に負けたことがなかった。これまで二十人ほどの剣士と試合した。そのすべてに勝ってきた。

だが、今日だけは負けた。一敗地にまみれたわけだ。それで、これからの旅に不安を覚えていたところである。妙な術を使われたが、負けたことには違いはない。

武蔵の術が、憲法の術に及ばなかったのだ。世の中には変わった剣士もいる。刀を正眼に構えていて、針を吹く者がいる。含み針という。針は目を狙《ねら》ってくる。腕で目を防げば、その隙に打ってくる。これも卑怯とは言えない。術のうちなのだ。

酒が空《から》になった。だが、もう一本とは言えないのだ。

三日目の深夜だった。武蔵は、ガバッとはね起きた。何か異様な気配を感じたのだ。起き上がると、浴衣《ゆかた》の上に帯を結んだ。その帯に刀を差した。脇差は抜いて手に持った。

家の中の斬り合いになる。刀よりも脇差のほうが使いやすかった。気配をうかがう。一人や二人ではない。十数人だろう。盗賊たちは村長の金と女が狙いなのだ。よほどのことがなければ人は殺さない。

気配をうかがいながら暗い廊下を歩く。すでに家の中に侵入しているはずだ。村長の寝所の近くまで来た。賊はまず村長を押さえたいはずだ。

黒い影がちらりと動いた。村長はまだ無事のようだ。武蔵は、

「ワッ！」

と叫んだ。影が姿を見せた。そちらへ武蔵は走った。闇の中をである。賊の刃物が閃《ひらめ》いた。刃の下をくぐって賊に抱きついた。抱きついて敵の肝臓と思えるあたりを突き刺し、抉《えぐ》った。賊が叫びをあげた。

くるりと賊と入れ違った。背後にいた賊が斬りかかってくる。賊は賊に斬りつ

けた。その賊の首筋を刎《は》ねた。一呼吸あって血が噴出する音を聞いた。

三人目が刀を薙《な》いできた。武蔵はとびのいて手の脇差を投げた。それが賊の胸に突き刺さる。刀を抜いた。

四人目に対し、左腋から斜めに、逆袈裟《けさ》に斬り上げた。斬られた賊が体をくねらせて横に走る。その後ろに五人目がいた。それに刀を片手突きに突いた。剣尖《けんせん》二寸ばかりが、相手の水月《みぞおち》に刺さった。

それを引き抜き、六人目に向かう。雨戸は蹴破られていた。武蔵の目は星明りでも昼間のように見えるのだ。

庭に跳び降りた。六人目を雁金《かりがね》に斬り下げた。七人目が斬り込んで来る。体を躱《かわ》すと、七人目の賊は庭の石に斬りつけ、火花を散らして刀を折った。そいつの首を刎ねた。

武蔵は自在に動き回っていた。同じところにいると返り血を浴びることになる。立つ位置を変えるのが常識である。七人目の首が転がった。

武蔵は家の中を走り回った。七人は斬った。だが、七人だけではなかった。十数人はいた。七人を斬られて、敵は逃げ去ったのか。

廊下を曲がろうとして足を止めた。とたんに黒い影が目の前に飛び出した。前につんのめっていくのを、背中を斬った。敵は、ワッと叫んでのけ反《ぞ》り、そして走っていく。

武蔵は、裏木戸に走った。逃げるとすればここからである。裏木戸は開いていた。ここから侵入して来たのだろう。二人の賊が走って来た。武蔵は物蔭に潜《ひそ》んでいて、いきなり飛び出すと、胴を薙いだ。

剣尖を車《しゃ》にして左袈裟に賊の肩を斬り下げていた。九人を斬った。一人二人と数えていたのだ。まだ五、六人はいるはずである。彼は村長の寝間に走った。そこは暗く静まり返っていた。室内では息を殺しているのに違いない。あたりを見まわしたが、賊の気配はなかった。

「源右衛門《げんえもん》どの、どうやらすみ申した」

石を打つ音がして、ボーッと灯《あか》りがついた。

4

「兄者、負けたのか」

と又七郎が言った。

「負けはせぬ」

「じゃ、勝ったのか」

「勝った」

「だが、吉岡憲法は宮本武蔵に負けた、という噂じゃぞ」

「人が何と言おうとかまわん」

「そうはいかんぞ、噂というのは膨《ふく》れ上がる」

「所司代に目がなかった」

「だから言わんことじゃない。稽古試合ではなく、果たし合いにすべきだったのじゃ。すれば勝負ははっきりわかったのだ。兄者が勝ったと言っても、人は承知せん。傷ついたのは兄者だからな。額に血を流した」

「人を傷つけたほうが負けじゃ」

「それはわかっておる。じゃが、人はそうは見ぬ。憲法が負けたと見る。これではすまんぞ。吉岡兵法所の名がすたる。武蔵を打ち殺せばよかったのじゃ。稽古試合などと、きれいごとを言っているから、そのようなことになる。このままでは兵法所は立ち行かんぞ」

「放っておけ、人の噂も七十五日という」

「これで門弟が減ったら、兄者の責任じゃぞ。だから、わしにやらせればよかったのだ。わしなら武蔵を叩き殺していた」

「わしは負けてはおらん。武蔵はおのれが負けたことを知っているはずじゃ」

「兄者はきれいすぎる。きれいに事をすまそうとしている。もともと剣術とはきれいごとではないのだ。卑怯でも勝ちは勝ちと言ったのは、兄者ではなかったか」

「わかる人にはわかる」

「兄者ともあろう人が、言っていることとやっていることとが違うではないか。剣術には卑怯はないと言った。武蔵が卑怯だったからと言って、武蔵を責めるわけにはいくまい。わかる人にはわかるなどと寝言を言っていてははじまらんぞ」

「わかった。又七郎の言うとおりだ」

武蔵が、参った、と言わなかったからといって、責められないのだ。負けたのは憲法だったのかもしれない。

憲法は背を向けた。

「兄者、逃げるのか」

と又七郎が言った。だが憲法は振り向かなかった。何ともやりきれん気持ちだ。半分は又七郎の言うとおりだった。おれはまだどこか甘いのかもしれぬと思ってみる。

足は六条柳町に向いた。三笠屋に入って清里を呼ぶ。清里は他に客をとっているようだ。先に酒が運ばれて来た。初店という。その日一番はじめに体を売ることを言う。店に出る前に、女たちは風呂に入って客を待つのだ。

いままではたいてい清里は初店だった。それが今日は先に客が来ている。何となく面白くなかった。客が清里の壺に一物を入れている。そのあとの壺におのれの一物を入れるのは気持ちよくなかった。と言っても、清里は売りものである。金さえ出せば誰だって清里の体を抱けるのだ。

いやだな、と思うことがよくないのだ。相手を遊女と知って買っているのだ。人に抱かせるのがいやなら、囲い女にしてしまえばいい。だが、囲い女にすれば飽きたときに面倒なことになる。

囲い女にするには清里よりもっといい女がいる。八坂神社の二軒茶屋にはいい女が揃っている。茶屋女だが、金でどうにでもなる女たちだ。もちろん女たちも客を選べる。清里は客を選べないのだ。それだけ哀しいと言える。

「すんまへん」

と言って清里が入って来た。

憲法は夜具の上に横になった。清里は彼の股間をさぐる。一物は怒張していなかった。清里はたらいに湯を汲んで来て、手拭《てぬぐい》を湯で絞り、股間を拭いはじめる。拭ったあとは、一物を口に咥える。しゃぶられて一物は勃起する。

すると清里は男の腰に跨《また》がってきた。しきりに腰を回す。一物は壺に埋まりはしたが、それほど潤んではいなかった。潤んでいないと刺激は強い。憲法はアッという間に放出した。清里の体に手を触れることもしなかった。

清里は体をのけると、また股間を拭った。彼女は何か哀しげな目をしていた。通じ合うものがなくて、男はすぐに終わった。かつてこのようなことはなかったのだ。

憲法は金を払って店を出る。何とも気分がすぐれなかった。ぶらぶらと歩いて四条《しじょう》通りに来た。右に折れて四条通りを東へ行く。やがて四条大橋にたどり着く。大橋の上に立った。

鴨川の川上に三条大橋が見えている。さすがに三条大橋は人の往来が多い。

憲法は弟の又七郎に厳しく剣を叩き込んできた。油断はならんと教えた。その憲法自身に驕《おご》りがあった。

宮本武蔵に勝った。勝ったと思ったとたん気がゆるんだ。そこで武蔵は猛然と打ち込んできたのだ。憲法は受けに回った。武蔵の木刀が額を掠《かす》った。打たれたわけではないが、皮膚が破れて出血した。それが鉢巻ににじんだ。

武蔵が柿渋染めの鉢巻をしたときに、思いついておかなければならなかったのだ。稽古試合といえど、武蔵なら血がにじむまで打ち込んでくる、ということを。

あのとき、武蔵の頭を打っていれば昏倒していたはずである。そこまでやるべきだったのだ。それを馬鹿正直にピタリと止めてしまった。

わしは、きれいに勝ちたかったのか、と思ってみる。それにしては検分役を忘れた。板倉が剣を知らないことはわかっていた。きれいに勝ちたければ、確かな人を検分役に立てていなければならなかった。それもせずに、きれいに勝とうとは思い上がりである。

勝を決するには、木刀を叩き落としていなければならなかった。すると誰の目にも勝ちと見えたはずである。それを怠《おこた》った。剣とは正義ではないのだ。剣とは、武芸の中では裏技に当たる。どんな卑怯なことも許されるのだ。そういう意味では、憲法の負けである。

5

「このままでは、わしの気がすまぬ」

と又七郎は、怒声を発した。周《まわ》りには高弟十人ほどがいた。

「まだ、武蔵は一乗寺村にいるのか」

五人の門弟が走った。高弟たちの思いは又七郎と同じだった。

たしかに状況を聞けば憲法が勝ったようだ。だが、それを証明することができない。剣を使う京の剣士たちの何人かが憲法の勝ちを認めても、意味がないのだ。

吉岡憲法、敗北したり、そういう噂が京の町に流れる。すれば吉岡兵法所の名はすたる。そうしないためには、武蔵を討つしかないのだ。

武蔵がまだ一乗寺村にいるのであれば、逃げないうちに討ち取らねばならない。武蔵が逃げていれば、それを追い討たねばならないのだ。

「わしは、必ず武蔵を討つ」

「われらも同じでござる」

と高弟たちが言った。一人も反対する者はなかった。もし試合がこの道場で行なわれたのであれば、武蔵を生かして帰すことはなかった。寄ってたかって殴り殺しにしただろう。

「代わりにわしが出ればよかったのだ。すれば叩き殺していた。兄者はわしでは及ばぬと言った。何たることぞ。兄者にも、もっと兵法所のことを神妙に考えてもらわねば。兄者一人であれば、おのれ一人、勝ったと思っていればすむことだが。兵法所のことを考えていないから、このようなことになる。兄者にはむかしからそのようなところがあった」

「もっともなことです」

「わしがどれほど兵法所のことを考えているか、兄者にはわかっていないのだ」

一乗寺村に行った門弟の一人がもどっていた。

「宮本武蔵はいまだ一乗寺にいます。昨夜、一乗寺の村長源右衛門の屋敷に盗賊が入り、八人を武蔵が斬ったとのことです」

「すると、武蔵はまだしばらくは逗留するつもりじゃな」

「それはわかりません。源右衛門屋敷で盗賊の八人が斬られたと噂になれば、一乗寺村にはしばらく盗賊は近づかぬと思われます。すれば武蔵はすぐに発つかもしれません」

「わかった。すぐに一乗寺村に行こう。大勢で行っては恥になる。五人だけ供を許す。おまえたちで決めてくれ」

又七郎は仕度をした。袴を脱いで軽衫《カルサン》にした。このほうが動きやすいからである。

必ず打ち殺してみせる。試合というのは死ぬか生きるかということだ。相手が生きていて勝ったなどとは言えない。相手が死んではじめて勝負はつくのだ。

又七郎は道場を出ると編笠をかぶった。そして手に木刀を持っていた。門弟五人がついて来たが、五人とも木刀を持っていた。斬り殺すのではなく叩っ殺すのだ。

この道場から一乗寺村までは一里半ほどである。又七郎以下の異様な姿に通行人たちが視線を集めた。木刀を持って歩くのは、それだけで異様である。加えて又七郎以下五人は意気込んでいた。

一行は一乗寺村に着いた。下り松のそばに集まった。先行していた門弟四人が、村長の屋敷の前をうろついていた。武蔵は屋敷の中にいるようだ。

「宮本武蔵に告げて来い。吉岡又七郎が下り松で待っているとな」

門弟の二人が走った。又七郎は力《りき》みかえっていた。こわいもの知らずである。天下でおのれより強い者はいない、と思い込んでいる。兄の憲法が敗れたのは弱かったからだ。稽古試合で勝った負けたと言ってもはじまらない。

剣術の試合というのは命を賭けて行なうものだ。死ぬか生きるかが勝負である。死んだ者が負けなのだ。

門弟二人がもどって来た。

「告げてまいりました」

よし、と言った。あとは武蔵が出て来るのを待つだけだ。村長の屋敷をずっと見ている。だが、なかなか姿を見せない。又七郎は息をついた。

あたりをうろつき回りはじめた。

「まこと、武蔵に告げたのであろうな」

「直接、武蔵に会って告げました。武蔵も、承知、と言いました」

「まさか逃げたのではあるまいな」

「屋敷を逃げ出せばわかります」

「屋敷を出るに出られないのであろう。おじけづいたのだ」

又七郎は、これが武蔵の策であるのだろうと思った。憲法との試合の場、所司代にもかなり遅れて来たと聞いた。相手を苛つかせるのも術のうちだろう。

「落ち着け！」

と、又七郎は高弟たちに声をかけた。自分に言ったのだ。

「落ち着け、これがやつの手だ」

「しかし、待たせるにもほどがある」

と高弟の高田《たかだ》が言った。高田陣兵衛《じんべえ》、吉岡四天王の一人である。他流試合の者が来たとき、まず高田が立ち合う。そしてたいていはこの高田に打たれて引き上げていく。

「もう一度、行って来い」

と高田は門弟に言った。

「やめておけ、焦りを見せてはならん。悠然としていよ」

自分に言っているのだ。焦ってくるのを、じっと抑《おさ》えていた。

一刻（二時間）ほど経った。又七郎はじっと怒りを抑えていた。高弟たちにも怒りを見せてはならないのだ。悠然としていた。表向きは、である。腹の中は煮えくり返っていた。堪忍袋《かんにんぶくろ》の緒《お》を切らないために、ときどき大きく息を吐く。

ようやく、屋敷の前に黒い影が姿を見せた。

「出て来たぞ」

高弟たちが走り出そうとするのを止めた。

「走るな、待つのだ」

宮本武蔵である。着流しだった。ことさらゆっくりと歩いて来る。十間あまりのところで足を止めた。

「吉岡憲法の弟か」

「おう、弟の又七郎だ」

又七郎一行は、ゆっくりと歩み寄る。武蔵は刀を抜いた。五間で立ち止まった。高田陣兵衛が走り出した。一瞬遅れて又七郎が走った。

陣兵衛が木刀を上段から叩きつける。武蔵は躱《かわ》した。陣兵衛は躱されて一歩踏み込み、左から右へ、横一文字に薙《な》いだ。充分に間合いに入っていた。武蔵は又七郎に気をとられていた。薙いだ木刀を受けた。

チン、と音がした。武蔵の刀が折れたのだ。そこを又七郎が上段から思いきり木刀を叩きつけた。

一瞬で勝負は終わっていた。武蔵は頭蓋骨を砕かれ両眼を飛び出させていた。

又七郎は一歩、二歩と退《の》いて、木刀を正眼に構えていた。

武蔵は立っていた。体が左右に揺れ、両頬にぶら下がった目玉が揺れた。刀を折られて一瞬ハッとなった。そこに隙が生じた。その隙に又七郎が打ち込んだ。退《さが》る余裕がなかったのだ。

二歩、三歩歩いて武蔵はバタリと倒れた。

「ワーッ！」

と門弟、高弟たちは喚声をあげた。

と、そのとき、倒れていた武蔵が起き上がった。立ち上がった武蔵を見て、又七郎は、あわてて木刀を構えた。門弟、高弟たちは息をのんだ。

そして、またバタリと倒れた。

ふおっ、と又七郎は息をついた。今度はびくとも動かなかった。それでも、又七郎と門弟たちは動かなかった。しばらく経ってから、

「よし、もどるぞ」

とみんなに声をかけた。

兵法所にもどった又七郎は、憲法の部屋に行った。憲法は書見していた。

「兄者、宮本武蔵はわしが打ち殺して来たぞ」

と言った。

「なにっ！」

と憲法が振り向く。又七郎はニヤリと笑った。

七章　酒と女

1

宮本武蔵は、尾張・清洲にもどって来ていた。荒物屋の荒木屋吉之助は、武蔵をよろこんで迎えてくれた。

佐屋路で賊を斬ったのは、武蔵が十九歳のときである。あれから二年半は経つ。武蔵もすでに二十二歳になっていた。吉之助を助けたわけではないが、吉之助は命の恩人と思っている。それはそれでよかった。

「江戸はいかがでございましたか」

吉之助が言う。武蔵は、ふむ、と唸《うな》っただけだった。

「四、五日、泊めてもらいたいが、よいか」

「ええ、一カ月でも二カ月でも、ごゆるりとなさいませ」

と言う。人は助けておくものだ、と思う。このような商人を、各地に作っておけば、旅も楽なのだが。

「さきごろ、京で宮本武蔵という武芸者が、吉岡一門に殺されたと聞きました。もしや、宮本さまではないか、と思いましたが、別の宮本さまでよろしゅうございました」

「宮本武蔵か、同じ名前の者がおるものだな」

「いつか、竹村《たけむら》武蔵という方のお名前を聞いたことがございます」

「武蔵が何人いてもおかしくはなかろう。だが宮本武蔵とはな。荒木屋、京に人をやって宮本武蔵という武芸者、どのような男であったか調べてくれぬか」

「お安いご用でございます。京ならば私どもの用もございますれば」

とりあえず、京に行った者がもどるまでは滞在することになる。吉之助に、女はいらぬ、酒は呑まぬと言っておいた。中途半端に断わっては無理にすすめられることにもなる。はじめに、はっきり断わっておいたほうがいいのだ。

与えられた部屋に入る。そして坐る。酒と女かと思ってみる。小野次郎右衛門は、

「きれいに生きると思うな」

と言った。冗談ではない。自分が酒と女が好きだからといって、それを他人に

押しつけることはないのだ。酒と女を知らないために、次郎右衛門に負けたわけではないのだ。

だが、次郎右衛門に負けたのは確かだ。鼓動がおかしくなり、体が熱く汗が流れた。なぜ負けたか、それは酒と女の差だ、と次郎右衛門は言った。つまり大人になれ、と言いたかったに違いない。

酒と女をやらないからといって、きれいだとは言えない。酒と女をやったからといって、汚れているとも言えないのだ。次郎右衛門は何かを勘違いしている。何かと理論をすり替えているのだ。

ならば、酒と女をやらずに、次郎右衛門に勝ってやろうと思う。

風呂に入り、髪を洗う。髪は結《ゆ》わず長くしている。そのほうが洗いやすいのだ。髪に泥を塗りつけて洗う。するとわりにすっきりするのだ。髪が乾くまではそのままにしておく。乾けば後ろで束ねる。髷《まげ》を結うと洗うのが面倒になる。また、洗えば結わなければならない。よけいな油もつけなければならない。

浪人には何カ月も、あるいは何年も髪を洗わない者がいる。それだけで臭ってくる。仕官を望んでいるのであれば、やはり身だしなみはきれいにしておかなければならない。武蔵はきれい好きだった。もちろん旅していれば汚れる。いつもきれいにというわけにはいかないが、機会さえあれば風呂に入って垢《あか》を擦《こす》っていた。

武蔵は、女を近づけないために、風呂にも入らず臭いをぷんぷんさせていた、という説があるが、これは他の武蔵のことだろう。不潔にすれば女が近づかないばかりか、男も近づかない。それでは第一食ってはいけないのだ。惚れた女であれば、男の臭いなど気にはなるまい。また、不潔は体にも悪いのだ。

女を近づけないためには、不潔にするよりも逃げ出せばよいのだ。

次郎右衛門は自分の妾まで呼んで、白い肌を見せつけた。女は恥ずかしそうにしていた。恥ずかしくて当たり前だ。武蔵はそっぽを向いていた。

わけ知り顔して、よくあそこまでできるものだと思う。剣士としては一流であろうが、人物としては二流三流だろう。

汚れよ、汚れれば余裕も出て来る、と言った。あのとき次郎右衛門に勝てなかったのは、年齢の差だったろうと思っている。

酒も呑まず女にも触れず、次郎右衛門にいずれは打ち勝ってみせようと思う。剣術は酒や女のせいではないのだ。

だが、将軍家剣術指南役であるのに、よくわしのような者を相手にしてくれたものだと思う。それだけは立派な男のように思う。勝って当たり前、負ければ名前に傷がつく。

武蔵を相手にしたように、他流の者が挑んで来ても相手になるのだろう。損を承知で立ち合うのだ。それだけ負けぬという自信があるのだろう。あるいは負けない立合い方というのがあるのかもしれない。やはり人物からして及ばない男かもしれない。

翌日——。

着流しで町に出た。昼間から人の往来が多い。一体何をしている人たちだろうと思う。暇な人たちも多いのだ。もっとも仕事で歩き回っている人も多いだろう。

広場があり、その端に腰掛茶屋があった。もっとも京の腰掛茶屋とは異なるのだろう、色を売るような所ではない。そのような女もいない。

武蔵は茶屋の床几《しょうぎ》に腰を下ろした。若い女が茶を運んで来た。

「あれは何かな」

と問うた。

「木刀の打ち合いをするところです。剣術使いがいて、剣術自慢の者を相手にするそうでございます」

武蔵は礼を言った。高札が立っている。いま女が言ったようなことが書いてあるのだろう。

竹矢来を組んだ試合となると、大原村の有馬喜兵衛を思い出す。有馬喜兵衛は未熟だった。子供とみてあなどった。ために足を払われ、頭を打たれて死んだ。どんな相手でもあなどってはならないのだ。相手の手の内が見えるまでは、であ る。

このような大きな城下町で竹矢来を張るとなると、かなりの達者であろう。あるいは名のある剣術者か。

大道芸人ではない。試合をやっていれば清洲藩の者たちの目につく。藩主の松平忠吉の耳に入れば、召し出せということになるかもしれない。それが仕官のきっかけになる。それをあてにして竹矢来を組んでいる。もっとも松平忠吉が剣術に興味がなければ、無駄ということになる。

大道芸人ではないが、大道芸人と同じである。武芸者というのは、武の芸を見せることだから似て非なるものとは言えないのだ。

関ケ原以来、このような浪人が多くなった。大名たちも合戦を経てきただけに、武芸を好む者が少なくないのだ。藩中の武芸者と試合させて、勝てば召し抱えようということになる。

竹矢来に人が集まりはじめた。挑戦する者が出て来たらしい。武蔵も金を払って床几を立った。竹矢来に歩み寄る。そこに高札が立っていた。

池田《いけだ》丹石斎《たんせきさい》とあった。香取神当流《かとりしんとう》とあった。腰掛けに丹石斎と思われる三十代なかばと見える剣士が坐っている。その左右には門弟らしい男が二人ひかえていた。

一方には、これも三十過ぎとみえる浪人が坐っていた。名は阿武隈伝兵衛《あぶくまでんべえ》と名乗った。人はいろいろと名前を変える。本名かどうかはわからないのだ。竹矢来には清洲藩の侍とみえる武士たちも何人か来ていた。

気を持たせておいて試合はなかなかはじまらない。口数が多いのだ。それでも見物人たちは去らない。ただで打ち合いを見られるからだ。人がいっぱい集まるのを待っているのか。見物人が痺《しび》れを切らしはじめたころ、双方が立ち上がった。そして歩み寄る。

双方、正眼に構えた。そしてまた動かない。伝兵衛が動いた。上段から打ち込むのを丹石斎が受けた。伝兵衛が横に薙《な》ぐ。丹石斎は体を寄せる。木刀は動かない。伝兵衛がさっと引く。丹石斎は追い、間を詰める。伝兵衛は退《ひ》く、丹石斎は詰める。

もちろん、理にかなっていた。丹石斎はかなり使うようだ。ぐるぐる回りながら、伝兵衛が、参った、と声をあげた。とたんに丹石斎はパッと体をのけた。伝兵衛は木刀を投げ出し、膝をつき、両手をついた。

試合はあっさり終わったように見えたが、伝兵衛は肩で息をついていた。たしかに伝兵衛の負けである。

弥次馬は去らない。いま一人挑戦者がいたのだ。丹石斎は腰掛けに坐っていた。門弟二人が世話をする。

いま一人の浪人は栗林大膳《くりばやしたいぜん》と名乗った。いくらか若そうで、背は高く色は黒い。膂力《りょりょく》もあり、精悍《せいかん》そうである。

大膳が立って中央に出る。だが丹石斎はなかなか立たない。

「どうした池田丹石斎、気後れがしたか、わしにかなわぬなら、そこに座して、参ったと言え」

と怒鳴った。

丹石斎は、立ち上がって木刀を右手に下げ、ゆっくりと歩いていく。それが突然、走り出した。木刀を振り上げ大膳を打つ。大膳はあわてて受けた。猛然と襲いかかる。大膳は目を剝《む》いて必死に受ける。受けの体勢だった。立ち直れないのだ。

おそらく大膳には隙があった。前の伝兵衛のときと同じように、こちらが打ち込むのを待つものと思ったのだ。油断である。丹石斎は別の手を使った。

丹石斎は、サッと身を引いた。大膳は右手で左肩を押さえ、片膝ついていた。左肩を打たれたのだ。

参った、とは言わなかった。大膳は右手で木刀を摑むと、打ちかかろうとした。

「無理なり」

と丹石斎は叫んだ。ビクッと大膳は動きを止めた。

「死ぬ気なら打ちかかられよ。容赦《ようしゃ》はせぬ」

大膳は、参った、と言って膝をついた。

丹石斎は試合巧者だった。相手の出方によって応じ方を変えるのだ。試合というのは、お互いに木刀を構えてはじめるものではないのだ。そう思い込んでいる者がいるとすると、丹石斎の罠にかかってしまうのだ。

武蔵には丹石斎の技は見えていた。丹石斎には、影が見えていないのだ。つまり動く前の姿である。武蔵には、丹石斎が動く前の動きが、見えている。囲碁で言えば、丹石斎が三手先まで見えるのなら、武蔵は十手先まで見えるのだ。丹石斎が勝てるはずはない。

次郎右衛門は、いまの境《きょう》に武蔵が達したのは十年早かったと言った。すると次郎右衛門が影が見えるようになったのは三十歳ころだったのか。

お互いに影が見えるから動けなかった。だが武蔵は呼吸が乱れ、汗をかいた。

2

池田丹石斎を斬る。すると城下の噂になる。松平忠吉の耳に入る。城中に召される。そして清洲藩の剣士と立ち合い勝つ。そうしたなら忠吉は、召し抱えようと言うだろう。そのときの石高はいくらか。まさか三十石ということはあるまい。百石か二百石か、せいぜいそのあたりだろう、と妄想してみる。

武蔵は唇をゆがめて笑った。柳生又右衛門も、小野次郎右衛門もはじめは二百石で召し抱えられた。武芸者の相場はそんなものだろう。二百石もらって仕官して、手柄を立てて三千石まで行くだろうか。無理だという気がする。三千石を望むにはそれだけの自負があったからだ。自分を安売りはしたくなかった。但馬出石の小出吉政の三十石はこたえた。あのとき二百石と言われれば仕官したろうか、と思う。

だが、六万石の小大名である。下積みのまま終わるだろう。六万石の大名なら、家老だって一千石はいくまい。せいぜい七、八百石である。三千石が望みなら、大藩でなければならない。たしかに松平忠吉は五十二万石である。三千石の望みは達せられるかもしれない。

武蔵は毎日、清洲の城下町を歩き回った。池田丹石斎は、まだ高札を掲《かか》げていた。何だかその高札が気になりはじめた。先日行った茶屋の床几に坐った。そして茶をたのむ。先日の娘だった。

「あそこの武芸者は、いつから竹矢来を張っている」

「もう、一ト月ほどになりましょうか」

すると、一カ月間は他流の者に負けなかったということになる。それと同時に、一カ月間も、松平忠吉から声をかけられなかったということになる。それだけ剣士としては魅力がないのか。たしかに丹石斎は三十をすぎている。もうあとがないのだ。剣士は三十五歳が盛りといわれている。あるいは忠吉は剣術に興味がないということになるのか。

藩中にも武芸者はいるだろう。武芸者を増やす気がないとすれば、丹石斎はここに踏みとどまっている理由はないのだ。あるいはいまだここに竹矢来を張っているということは、誰か支援者がいるということなのか。

荒木屋にもどると、京に使いに行っていた手代がもどって来た。宮本武蔵のことを聞いて来てくれた。ついでに吉岡のこともだ。

宮本武蔵と吉岡憲法は所司代で試合をしたということだった。

「勝ったのは宮本武蔵であるという噂のほうが多うございました。また、憲法が勝ったという人もいました。憲法は額に傷を受けたということです」

武蔵は、憲法が勝ったのだろうと思った。稽古試合だったようだ。果たし合いであれば、どちらかが死ぬか大怪我をしているはずだ。額に傷を受けたくらいでは果たし合いではない。稽古試合だったはずだ。

稽古試合で憲法が傷を受けたのであれば、武蔵の負けである。

「武蔵は洛北の一乗寺村に寄宿しておりましたが、憲法の弟又七郎という者が一乗寺村まで出かけて行って、武蔵を打ち殺したということでございます。そのとき武蔵は刀を折ったと聞きました」

「ご苦労であった」

と手代をねぎらった。宮本武蔵が死んだいきさつは、だいたいわかった。武蔵はたいした剣士ではなかったようだ。二つとも武蔵が負けている。

勝負は時の運とは言う。だが、運で試合はできないのだ。運というのは結果である。もっとも運を誘い込む術があるのであれば別だが。

翌日、武蔵は丹石斎と試合してみる気になった。店の者を広場に走らせた。そして、丹石斎と試合したいむねを告げさせた。未《ひつじ》の八ツ（午後二時）に立ち合うことを返答した。

「荒木屋、世話になった。明日、この地を去ることにする」

「どこに行かれますのか」

「あてはない。だが、もともとあてのない旅だ」

「もうしばらく、ここにおいでになればよろしいのに」

「いや、長く世話になっていれば、甘えが出てくる。それに今日の試合のいかんによっては、こちらに迷惑をかけることになるやもしれぬ。いずれ、また世話になることもあろう。そのときには、よろしく頼む」

「それでは、またのおいでを楽しみにしておりましょう」

荒木屋吉之助は世話好きの男だった。荒木屋の者たちみんなが親切でもあった。

手代の一人が飛び込んで来た。

「広場に先生の札が下がっております」

「札が」

「はい、本日の試合相手、円光寺流・宮本武蔵どのと」

池田丹石斎は見物人を集めたいらしい。武蔵は苦笑した。丹石斎の腕は何日か前に見ている。丹石斎には影が見えていない。剣の技は一流であろうが、剣は技だけではないのだ。

もちろん、武蔵の札を掲げたということは、武蔵に勝つつもりでいるのだ。憐《あわ》れかな、と思う。技を見破られていて、勝てるわけはないのだ。

武蔵は極意《ごくい》を極めたと思っている。相手の動きの先が見えている。しかし、武蔵はその先を考えていた。影が見えることがすべてではない。その先があるはずだ。武蔵はその先を見ようとしている。

その先に何があるのかはまだわからない。

相手の動きの先が見える。剣術とはそれだけではない。柳生流に〝月影〟という技があると小野次郎右衛門に聞いた。

月影とは闇のことだ。月の影になった部分は闇である。その闇の中で斬り合う術が月影なのだ。たしかに闇の中では、相手の動きの先が見えていても何の役にも立たない。

闇の中では、刃も閃《ひらめ》かない。武蔵もまだ闇の中で斬り合うことには自信がなかった。相手の動きの先を読めるのは一つの極意ではある。だが、逆に言えば、一つの極意しか得ていないことになるのだ。

例えば、柳生流の極意に〝龍尾《りゆうび》〟というのがある。上段から斬り下げ、途中で手首をひねる。すると刃の軌道が変わる。そして水平にピンとはねるのだ。

武蔵には上段から斬りかかってくるのは前もってわかる。だが、その刃が途中で方向を変えることまでは見えない。不用意に躱《かわ》すと、龍尾で腹を裂かれることになる。

その他にも、さまざまな術がある。だから、影が見えるということだけでは万全ではないのだ。さまざまな術を極めていくことが修行である。

太刀筋というのは変えられないものである。木刀ならば龍尾はできる。木刀は空気を打つ、速度はない。だから上段から打ち込む太刀を、途中で水平に変えることができる。

だが、これが刀だと容易にできることではない。刀は迅《はや》い、それを途中で水平に薙《な》ぐことなどできるわけはない。できないことをやった人がいる。だから、龍尾は一つの秘伝になったわけだ。

龍尾の術は武芸者の間ではわりに知られている。知られてはいるが、龍尾を使える人は少ない。龍尾の術を完全に使える人がいれば、その人は一流の剣客と言える。

上段から刀を一気に振り下ろす。その刃は途中では止まらない。止めようとしても無理なのだ。だから、おのれの爪先《つまさき》を削《けず》ることになる。それを途中で止めようと考えた人がいる。途中で手首をひねる。すると刃の抵抗が大きくなり、刃は速度をゆるめる。そこで刃の方向を水平にする。

刃に加速度がついていれば、刃は水平に滑る。そこでもう一度刃に力を加える。すると刃は横にピンとはねる。この龍尾は右へも左へも動く。一閃を躱したつもりでも、躱したほうへ刃が動いてきたら、躱しようがないのだ。

人はこの龍尾返しの術を考えた。いま、その返し術を練っている剣客もいるはずだ。

躱しきれないと思えば退《ひ》く。退くと相手につけ込まれる。果敢に斬り込んで来る。仕方なくまた退く。ついには斬られることになる。

武芸者は退いてはならないのだ。退くということは、そのまま負けということでもある。退かずに躱す。これを見切りという。武蔵の極意はこの見切りだったと言われている。

肌すれすれに躱す。すると躱された相手は隙だらけになる。退けば、いかに相手が隙だらけでも、間合いから外れているので相手を斬れない。つまり刀が届かないのだ。ぎりぎりに見切れば、敵の体は刀の届くところにあるということだ。

あとのことだが、武蔵はこの見切りの術に熱中することになる。極意中の極意と考えたようだ。もちろん見切りを間違えれば、おのれの体が裂かれることになる。

のちの佐々木小次郎《ささきこじろう》の燕《つばめ》返しの術は、龍尾であったと言われている。

3

武蔵は城下の広場に向かった。敵を苛立たせる方法を取ることはなかった。勝つとわかった相手である。勝つ自信のない相手とは果たし合いはしない。勝つかどうかわからない相手に挑んで死んで行った剣士は多い。生きていれば立派な剣士になったであろう、と思える剣士たちがである。

もっとも、武蔵は小野次郎右衛門に挑んで敗れた。敗れるとは思っていなかった。勝てると思って挑んだのだ。

勝てると思っても負けることはあるのだ。もっとも今まで挑んで負けたのは、次郎右衛門ただ一人だった。

広場に着いてみると、竹矢来は見物人で囲まれていた。丹石斎の宣伝が効《き》いたのだろう。武蔵は、高札に貼りつけられている紙を剝ぎ取った。

すると、丹石斎の門弟とみえる男が走って来た。

「きさま、何をする」

と詰め寄る。

「わしはこのような貼紙を許した覚えはないぞ」

と言った。

「すると、あなたが宮本武蔵どのか」

「そうだ、宮本だ」

「先生に叩きのめされないうちに、とっとと逃げたらどうだ」

「おまえの先生は、わしに叩き殺されることになる」

「なんだと」

「試合を見てから怒れ、それともわしに叩っ斬られたいか」

「おのれ、言わせておけば」

武蔵は男の肩を叩いた。

「そう怒るな、怒っては負けるぞ。おまえの先生にそう伝えよ」

武蔵は竹矢来の中に入った。竹矢来には見物人たちが貼りついている。彼はそこに置いてある腰掛けに坐った。

やがて、池田丹石斎が姿を現わして、向こうの腰掛けに坐った。見物人の中には、清洲藩士とみえる侍たちもかなりいる。

丹石斎の門弟が木刀を持って来てさし出した。立って木刀を振ってみた。仕掛けはないようだ。向こうにひかえている丹石斎はなかなか動こうとはしなかった。気を持たせているのだ。簡単に勝負がついては、見物人ががっかりする。

丹石斎は、ようやく立ち上がって中央に出た。それに合わせて武蔵も立ち上がる。

「神陰流、池田丹石斎」

と声をあげた。

「円光寺流、新免武蔵」

と言った。

「待て、宮本武蔵ではないのか」

「たったいま、名を変えた。そちらが勝手に貼り紙されたので、わしの名が知れてしまった。この城下で名を上げるつもりはない。だから新免武蔵にした」

「なんと、城下で名を上げる。おまえの名はここで消える」

「消えるのは、丹石斎さん、あんたではないのかな」

丹石斎は笑った。おまえの手には乗らぬぞと言いたいのだろう。

「ならば、新免武蔵どの、打って参られよ」

「しからば」

と武蔵は木刀を振り上げ打ち込んだ。丹石斎は受けた。受けてはじめて武蔵の力量がわかったようだ。

武蔵は気合いをあげて打ち込む。それを受けながら丹石斎は退《さが》る。退くより他はないのだ。丹石斎の手は打ち込みを受けるたびに痺れている。

武蔵は体を寄せた。鍔《つば》ぜり合いだ。もっとも木刀には鍔はない。

「丹石斎さんよ、こんな所で大きな顔はしてもらいたくないね。たったこれだけしか使えねえんじゃ、木刀を投げ出し、参った、と言って両手をつくんだな」

「おのれ、何を言うか」

「わしには勝てはせんよ。死にたくなければだがな」

武蔵はサッと退った。丹石斎は木刀を上段にして、打ちかかって来る。たしかに木刀はそれなりに速かった。

武蔵は見切っていた。胸元を掠《かす》めて木刀が地面を打つ、次の瞬間、木刀を叩いていた。丹石斎の手から木刀が落ちた。そこを打ってもよかった。

丹石斎は下からジロリと睨《にら》んだ、そして木刀を拾う。次に来る手は、武蔵にはわかっていた。木刀を拾った瞬間、丹石斎は薙いだ。目の前に丹石斎の頭がある。その頭を踏んづけて、向こうに立った。

「おのれ！」

と叫んだ。振り向いて打ち込んでくる。武蔵は払った。木刀は丹石斎の手を離れて飛んだ。手が痺れたのだ。

カッと怒った丹石斎は、見物人がいることを忘れていた。もといた腰掛けへもどると、刀を抜いたのだ。

「先生！」

と門弟が叫んだが、聞こえなかったようだ。見物人たちがざわめいた。ここまで来れば丹石斎も武蔵を斬り捨てるよりなかったのだ。腕の違いを考えてみようとしなかった。これは高札を立てた浪人の宿命でもある。

丹石斎は、刀を振りかぶって斬り込んで来た。

「無理なり」

と武蔵は叫んだ。見切られて、剣尖《けんせん》は地面を削った。その瞬間に、武蔵は木刀で刀を舞い上げるように払った。

キーンと音がした。刀が折れたのだ。丹石斎は遠く武蔵に及ばなかったのだ。手に残った刀を投げた。武蔵はそれを躱した。脇差の柄《つか》に手をかけた。抜きかけた。そこを叩いた。脇差の刃が折れた。刃は二寸ほどしか残っていない。あとは鞘の中に吸い込まれたのだ。

「あんたの手の内はみんな見えている」

「殺せ」

「殺すつもりなら、はじめに殺している。参った、とは言えぬ御仁《ごじん》のようだな」

「それほどの腕で、なぜわしに挑んだ」

「高札がわしの神経に触った。早く高札を引き抜いて立ち去れ」

武蔵は木刀を投げ捨てて、背を向けた。丹石斎はその木刀を拾おうとしてやめた。

武蔵は竹矢来を出た。これだけやれば清洲にはいられない。すぐに発とうと思って荒木屋にもどった。

「先生、見ていましたよ。どうして殺さなかったんですか」

と手代が言う。

「お強いんですね。あの丹石斎先生がこてんこてんでした」

武蔵は、部屋に入って旅の仕度をした。そこに荒木屋が入って来た。

「お発ちになるのですか」

「吉之助、世話になった。これ以上いては迷惑をかけることになる」

「迷惑だなんて、そんなことはございません」

「そのうち、わしのことが、城下の噂になる」

「もう、なっておりますよ。荒木屋の誇りでございます」

丹石斎は殺しておくべきだった。殺さなかったから噂は高まったのだ。

「また、お立ち寄りください」

と荒木屋は、餞別をさし出した。手にするとズシリと重かった。

「また、いつか寄せてもらう」

と言って店先を出ると、侍が五人走って来る。それを見て、武蔵は一方に走り出した。また、但馬の出石と同じことになる。餞別の重さで走るのが遅れた。侍たちは前に回った。

「宮本どの、お留《とど》まりくだされ」

「わしにどうせよと申される」

「試合は見ていました。おみごとでござった」

「丹石斎を殺さないところがよかった」

「いや、溜飲《りゅういん》が下がった」

と口々に言う。

「宮本どののような方を、われわれは待っていた」

「わしはこれから旅へ出ます」

「ご家老が会いたいと申されている」

武蔵は笑った。

「それは嘘だろう。試合が終わってまだいくらも経っていない。まだその、ご家老の耳にも達していまい」

「いや、高札に貼り紙がされたときからでござる。万が一、池田丹石斎に勝ったときには召し出せと命じられておりました」

「お断わりする、と言ったら」

「そうおっしゃらずに、わしらの顔を立ててくだされ」

こういうことがあろうかと、早く発つ気だったのだ。このまま家老の屋敷に行ったら、清洲藩の武芸者と立ち合うことになるだろう。その結果、どれくらいで召し抱えようということになるであろうか。三百石かそこいらか。それでも、三千石からすれば十分の一でしかない。せめて五百石、すれば一千石には届くかもしれない。不足だな、とも思ってみる。

「それほどに申されるならば仕方がない」

「そうか、ご承知いただけるか、かたじけない。わしらの面目も立つ」

前に三人立ち、後ろに二人立った。武蔵を挟んで歩いていく。

4

松平忠吉は慶長十二年（一六〇七）に死ぬ。これより二年後である。そのあとに入ったのが徳川義直《よしなお》である。慶長十五年に名古屋《なごや》に新城を築いて移る。このとき清洲藩はなくなり、義直は尾張藩と称した。

この義直に仕えたのが柳生兵庫助《ひょうごのすけ》利厳《としよし》である。そのとき五百石であったという。だが、慶長十年のころは、兵庫助は諸国を歩いていた。以前は肥後《ひご》の加藤清正《かとうきよまさ》に仕えていたが、喧嘩して人を斬り、浪人となり、九年間は流浪《るろう》していたという。幕府の密偵であったのだ。

兵庫助は武蔵より五歳年上である。だから、この年には二十七歳になっていた。のちに武蔵は尾張に行き、兵庫助と会うことになる。

松平家の家老小笠原吉次《おがさわらよしつぐ》は、犬山《いぬやま》城の城主であり、一万石を与えられていた。忠吉の死後は下総《しもうさ》・佐倉《さくら》に移された。大名であったわけだ。

武蔵は小笠原の屋敷に連れていかれた。犬山に城はあるが、一年のうち半分はこの清洲にいる。大名だけに、忠吉の家臣ではあるが、大きな屋敷に住んでいた。屋敷に着くまでの間に、家老が犬山の城主であることを武蔵は聞いていた。

さっそく小笠原吉次の前に引き出された。

「宮本武蔵か、まだ若いのう」

と小笠原は言った。吉次は四十に少し前だった。

「いまは新免武蔵にございます」

「池田丹石斎というのが、城下に高札を立てていることは知っていた。わしも武芸にはいささか興味があってな。わしも丹石斎を見た。丹石斎の剣には品性がない。それに年を食っている。誰か丹石斎を倒す者はないかと待っていた。やっとそなたが現われたわけだ。試合の模様は聞いた。みごとであった。丹石斎はてんてこ舞いであったそうな。武蔵はどうして丹石斎を殺さなかった」

「大勢の見物人がおりました。あれ以上に見物人をよろこばすことはないと考えました」

「見物人がいたからか」

「はい、見物人は無責任ですから、できるだけ残酷な光景をよろこびます」

「そして非難を武蔵に向けるというわけか。なるほど、面白い考え方だ。それだけ余裕があった、ということにもなるか。ところで、わしの臣の中にも武芸者がいる。立ち合ってくれぬか」

「お断わりします」

「そうにべもなく言うな。わが家臣でありながら、どれほどの腕前なのかわからんのだ。腕前を試してもらえぬか」

「それは、殿さまのわがままと申すものでございます」

「もちろん、わしの家臣と立ち合わせるために武蔵を呼んだのではない。殿の前でそなたの伎倆を見せてもらいたいためじゃ。だが、その小手調べに、家臣と立ち合ってくれてもよかろう。そなたに及ばないのはよくわかっておる。まあ、それはとにかくだ、殿に芸を披露してもらうには何日かかかる。その間、屋敷に泊まってもらうことになる。よろしいか」

「はい、ここまで来たのであれば、いたし方ございません」

　家臣が酒膳を運んで来た。

「申しわけございませんが、酒はいただきません」

「酒が呑めぬか」

「いいえ、呑まないのです。意地がありますから」

「意地か、何の意地かは知らぬが、剣客とは厳しいものよのう」

と小笠原は言った。

「少しならばいいだろう」

「いいえ、一滴も呑みません」

「酒に酔えば本性をさらすという。その本性を人に見せたくないのだな」

「それもございます」

「剣客とは、そうでなければならんのか」

「いまだ、未熟でございます。未熟者が酒など呑んではいられませぬ」

「酒を呑む武芸者は、熟達しているのか」

「それがし個人のことでございます」

「わしがすすめても駄目か」

「ごかんべん願います」

「むつかしいものよのう。剣術のために、生きている楽しみを拒むのか。武蔵は何のために剣術をやる」

「さあ、生きている証《あかし》でございましょうか、それがしには剣がすべてでございます」

「剣の他には何の楽しみもいらぬと言うか」

「それがしには、剣の他に楽しみなど不要でございます」

「女はどうだ。女はよいものだ。まさか、女もいらぬと言うのではあるまいな」

「それがしには、女も不要でございます」

「なに、女もか。するといまだ女を抱いたことがないのか」

「はい、ありません」

「恐れ入ったな。そちほどの男ならば、女のほうから求めて来ように。女も修行のさまたげになるのか」

「はい、そのように考えております」

「これまで女に迫られたことがないのであろう。美しい女に迫られてもか」

「そうだと思うております」

「世の中に、武蔵に勝てる武芸者がいないわけだ」

と小笠原はからかうように言う。

「世の中は広うございます。どのような達人名人がおられるかもしれませぬ。拙者、いまだ修行の身でございますれば」

「女の嫌いな男はいないという。それで女がいやなのは、もしや衆道《しゅうどう》では」

衆道とは男色のことである。

「それがし、その気はございませぬ」

武蔵はキッとなった。

「わしは衆道の味は知らぬ。もっとも女の小菊の味は知っておるがな。まあよい、このような話は下卑《げび》てくる。二、三日、ゆるりといたせ。明日にでも殿に申し上げよう」

家臣に部屋に案内された。

酒が嫌い女がいやだと、小野次郎右衛門に会うまで思ったことはなかった。機会はなかったわけではない。酒は何度かすすめられたが呑む気がしなかった。やはりその機会がなかったと言うべきだろう。もっとも求めるつもりならば、女は何人かいたかもしれない。円光寺のお祐はしきりに抱かれたがっていた。武蔵はそれを拒んだ。

但馬・出石のお由も、手を出せば抱けたであろう。色香の匂うような女だった。それでも手は出さなかった。とすると、もともと女は必要としなかったのかもしれない。

次郎右衛門に、酒には溺れてみよ、女には狂うてみよ、と言われて腹を立てた。酒を呑み女を抱かなければ、剣は強くならんとは思っていない。次郎右衛門に言われて、女も酒も近づけまい、と決めたのだ。剣は酒や女とは関わりないのだ。むしろ次郎右衛門に怒りを覚えていた。

そのために酒も呑めなくなり、女も抱けなくなった。次郎右衛門への意地である。

夜になり、行燈《あんどん》を消して夜具に入った。何のために剣術をやるのだ、と小笠原に言われた。三千石で大名に召し抱えられるために。そう考えている。

一剣士を三千石で召し抱える大名などいない。それは武蔵もよくわかっている。柳生兵庫助は加藤清正に五百石で召し抱えられていたという。兵庫助の背後には柳生石舟斎《せきしゆうさい》がいた。石舟斎に頼んで加藤清正が召し抱えたのだ。

五百石は破格である。柳生又右衛門も小野次郎右衛門も二百石であった。次郎右衛門は将軍家の指南役で、いまやっと六百石である。二百石から加増されたのは、指南役であったからではない。関ケ原での手柄があったからだ。

何か手柄がなければ加増はされない。松平忠吉が二百石で召し抱えると言って、それで仕官しても生涯二百石のままかもしれないのだ。

廊下を人が歩く気配がした。武蔵は刀を手にした。歩く足音は部屋の前で止まった。そのときには女だとわかった。

障子が開いて女が入って来た。そして障子が閉まる。女は武蔵のそばに来た。武蔵は起き上がって行燈に火を入れた。部屋の中がボーッと明るくなる。

そこに女が坐っていた。

「伽《とぎ》をいたしまする」

と女が言った。体つきの細い、首の長い女だった。肌は白く、美女であった。

「女はいらぬと申し上げた」

「はい、殿さまはそのように申されておりました。でも、迫ってみよと。わたしに恥をかかせないでくださいませ」

「そなたがいやだというのではない。念願あって、女を断っている」

「でもございましょうが、旅のつれづれ、わたしをお楽しみくださりませ」

「女はいらぬと言うておる」

女はうつむいて、衿を拡げると、白い乳房をさらした。形のいい乳房だった。

「抱いていただかなければ、わたしの勤め、果たせませぬ」

「果たせなくてよい。小笠原どのはご存じだ。たわけ者とののしられるのはわしだ。そなたはもどってくれ。わざわざ来てくれたのに、すまなかったのう」

「わかりました」

と言って女は去る。武蔵は灯《あか》りを消して再び夜具に入った。

5

翌々日、武蔵は小笠原に連れられて清洲城に入った。座敷ではなく、庭に通された。中央の席に坐っているのが松平忠吉だろう。まだ三十歳ほどの男だった。

この年の四月に、家康は将軍を辞し、二代秀忠《ひでただ》にゆずった。忠吉は秀忠の弟である。この忠吉に仕えるのも悪くないと思う。いまは将軍家の弟である。将軍家の指南役は無理のようだ。となれば、次は忠吉だろう。

庭の向こうに男が現われた。体のがっしりした無骨な男である。これが松平家の武芸者であろう。武蔵は刀を鞘ごと抜いて、そばの侍に渡し、木刀を受け取った。

忠吉は武蔵を無視していた。

男は、立原玄蕃《たちはらげんば》と名乗った。検分役がひかえていて、新免武蔵政名《まさな》と紹介した。玄蕃は四十に二つ三つ前だと見えた。もちろん、松平家の指南役であれば、武蔵のような青二才に負けるわけにはいかない。

十間ほどの間をとって、向かい合って立つ。検分役が、

「はじめ」

と声をあげた。

庭を家臣たちが囲んでいる。小笠原は忠吉のそばに坐っていた。

玄蕃は走り出さなかった。双方からゆっくりと歩み寄る。五間の間をおいて、玄蕃は木刀を正眼に構えた。武蔵は木刀を右手に下げただけである。

武蔵の態度は不遜《ふそん》に見えた。もともと剣に関しては高慢な男である。小笠原は眉をひそめた。少なくとも相手は松平忠吉の指南役である。それに年上でもある。礼をつくすならば、同じく正眼にとるべきだろう、と見ている者みなが思ったはずである。

だが、武蔵に言わせれば、下段は五つの構えのうちの一つである。中段に構えたならば玄蕃は打ち込めぬと思ったのだ。下段からは逆袈裟がある。正眼は守りの構えである。武蔵は守るということは考えなかった。

お互いに守るのであれば勝負はつかない。むしろ下段のほうが攻撃的なのだ。

武蔵は下段のまま、足を擦《す》って間を詰めた。間合いに入ると玄蕃が外した。剣術では、真剣勝負であれ、木刀による立合いであれ、退《ひ》くということは負けである。退けばつけ込まれる。

武蔵は退いた相手につけ込んだ。すると玄蕃はまた退《さが》る。それを繰り返していると、忠吉の視界から外れてしまうのだ。

玄蕃には指南役だけに武蔵の伎倆がわかっていた。打ち込めば、下段にある木刀が動く。その動きがわからないのだ。木刀を払われるか、そのまま逆袈裟に来るのか。

玄蕃は隅まで追いつめられていた。そこで勝負をつけても、忠吉には見えないのだ。武蔵は小走りにもどって来て、忠吉の前で正眼に構え直した。玄蕃がもどって来た。正眼に構える。

小野次郎右衛門は、極意に達するのが十年早かった、と言った。次郎右衛門特有の皮肉だったのだ。剣は達しているが、男としては十年遅れているということだ。

玄蕃は上段に振りかぶり、殴りかかってくる。

「無理なり」

と叫んだ。玄蕃の木刀は地面を叩いた。玄蕃は隙だらけだったが、武蔵は打たなかった。検分役は声を掛けなかった。そこまで、と声を掛けるべきだった。武蔵には玄蕃の動きが見えているのだ。どう動こうと、見られていては動けないのだ。玄蕃は木刀を横に薙《な》いだ。充分に武蔵の腹に達したと思ったのに、空振りだった。武蔵は動かずにそこに立っていた。充分に見切っていたのだ。

玄蕃はあわてて退く。そこに武蔵がつけ込んだ。片手突きにする。木刀の先はピタリと眉間《みけん》についた。

「参った」

と玄蕃は叫んで、そこに膝をついた。武蔵は忠吉の前に回り込んで、そこに片膝をついた。そして忠吉の言葉を待った。

「なるほど、玄蕃に参ったと言わせるとはな。若いのによく極めた。いくつになる」

「二十二歳でございます」

「そうか、二十二歳か。だが、刀術というのは合戦の役には立たん、どうだ、予《よ》に仕えぬか。百石出そう。手柄があれば加増もする」

武蔵は腹の中でアッと思った。まさか、と思った。但馬の小出吉政は三十石と言った。六万石で三十石である。忠吉は五十二万石である。けちだった。たった百石にしか価《あたい》しないのか。もしかしたら五百石と言うかと思っていた。

刀術は合戦の役には立たん、と前おきして百石と言った。忠吉には、百石が相場と思えたのだろう。

「百石では不足か」

「いまだ修行の身なれば」

「百石では仕えぬと申すのだな」

ならば、二百石ではどうだ、とは言わなかった。

「いまだ、未熟者でございます」

「未熟でもかまわんぞ」

「申しわけございません。いま少し修行をいたしたく存じます」

「そうか、わかった。去るがよい」

と言って忠吉は立ち上がった。

百石で仕官するには、武蔵の矜《ほこ》りが許さなかった。自分を安売りするつもりはなかったのだ。小笠原も声をかけなかった。

酒も呑まず、女も抱けぬ男は信用できぬと思ったかどうか。昨日の女は、小笠原の好意であった。それを無視したのだ。

武蔵は城を出た。そして肩を落として歩く。

「百石か」

と呟いて自嘲した。忠吉も剣術を軽く見たのだ。剣術とはそんなものではないはずだ。忠吉の指南役でも、武蔵の足もとにも及ばなかったではないか。武蔵も望みがあまりに遠すぎて、三千石とは言えなかった。

忠吉は二年後に病死することになる。後継ぎがいなかったので清洲藩松平家は改易《かいえき》となった。それを聞いて、武蔵は、ザマアミロ！ と笑った。

剣はもっと認められるべきである。武芸は、たとえ芸であっても武士の芸なのだ。もっと価値があるべきだ。百石と言われて、武蔵の腹の中は煮えくり返っていた。

街道へ出ると、浪人たちがバラバラと現われ出た。その中の一人が武蔵の前に両手をついた。池田丹石斎だった。

「宮本武蔵どの、わしを門弟の端に加えてくだされまいか。名も池田丹兵衛《たんべえ》と変えました。おのれの未熟さを知り申した」

「わしは、門弟など取らぬ」

「先生ほどの腕前ならば、門弟の十人や二十人いてもおかしくはありません」

十数人の丹石斎の仲間がじわりじわりと囲んで来る。無気味である。仲間ではなく、丹石斎の弟子たちかもしれない。

「清洲城に行かれてどうでござった」

「百石で召し抱えると言われた」

「断わられたのか、もったいない。わしならば百石でも、仕官したものを」

十数人の弟子たちは殺気を放ちはじめた。囲んで斬ろうということらしい。この者たちに囲まれて、切り抜けられるかどうか、自信がなかった。たしかにいまだ未熟であった。これくらいを切り抜けられないでどうする。剣の道は遠い。剣とは一対一で斬り合うものとは限らないのだ。

おそらく切り抜けられるだろう。結果的には十数人をすべて斬っていると思う。だが、その確信がないのだ。確信がないことには挑戦できない。万一のことがあれば、おのれの命を失うことになる。

剣士は生きのびなければならない。勝負の賭けに出ることはできないのだ。真剣勝負では負けは死につながるのだ。生きていてこそ剣士である。惜敗などということは剣術にはないのだ。僥倖《ぎょうこう》をあてにもできない。

武蔵は、左肩で丹石斎に体当たりをくらわせていた。よろめいたところを、武蔵は輪の外に出た。そして一目散に走る。

追って来る気配がない。足を止めて振り向くと、丹石斎以下はもとの位置に立ったままだった。

斬りつける気はなかったのか。だが、殺気はぼろぼろと洩れ出ていた。武蔵は機先を制した。それで丹石斎たちは動けなかったのだ。

一対一ならば相手の動きの影が見える。だから先手をとれる。だが、相手が二人三人となると、いかに影が見えても応じられるとは限らない。

剣が合戦の役に立たないゆえんである。大名たちにも軽く見られて当然なのかもしれない。二十人、三十人に囲まれたとき、どうすればよいのかは、いまの武蔵にはわからない。剣の道はまだ遠いのだ。

八章　一条下り松《いちじょうさがりまつ》

1

慶長十一年（一六〇六）春――。

武蔵は、京に姿を現わした。清洲の荒物問屋荒木屋吉之助に、京の荒物屋吉野《よしの》屋に書状を書いてもらっていた。京洛外の竹細工《ざいく》を吉野屋が買いとっている。それを荒木屋がまとめて仕入れているのだ。

吉野屋に居候《いそうろう》することになった。吉野屋の姪《めい》にお絹《きぬ》という女がいて、武蔵の身の周《まわ》りの世話をすることになった。二十五、六だろう。何か事情のある女だろう。もちろん、武蔵は女の事情などには興味がなかった。

武蔵は十日ほどは京の町を歩き回った。洛中というのは狭い所である。吉岡兵法所も眺めた。二条城も所司代も見物した。もちろん外側から眺めただけである。

宮本武蔵という武芸者が、吉岡一門に殴り殺された。もちろん武蔵は、宮本武蔵という人物とは一面識もない。だが、とにかく宮本武蔵と名乗った人物である。まったく関わりない人物とは言えない。

武蔵は、宮本武蔵の仇《あだ》を討ってやらなければなるまい、と思ったのだ。宮本武蔵が吉岡に敗れたという言い伝えが京に残っては困るのだ。

武蔵は吉岡には勝たなければならないのだ。もしどこかに仕官して、武蔵が吉岡に負けたのだという噂が流れでもしたら困る。あれは別人であった、という言いわけは通らない。言いわけしなければならないことは残しておきたくなかったのだ。

宮本武蔵は、所司代でも吉岡憲法に負けている。宮本武蔵にあちこちで負けられては困るのだ。武蔵の名前に傷がつく。だから、宮本武蔵が死んでからは新免武蔵と名を変えた。もちろん、敗れた宮本武蔵が別の名前であったら、武蔵は京へは来なかったろう。吉岡兵法所に挑むこともなかったはずである。

武蔵は、宮本武蔵が殺されたという一乗寺村の下り松に来た。松の根元に宮本武蔵の卒塔婆《そとば》が立っていて、墓代わりの石が置いてあった。村人が葬《ほうむ》ったのだろう。

木刀で叩き殺された。吉岡側は一人の怪我人さえなかったと聞いた。木刀で殴りかかられたところを、とっさに刀で払ったのだろう。刀が折れて頭を打たれた。そのように聞いた。宮本武蔵も、木刀を受ければ刀が折れることくらい知っていたはずである。だが躱《かわ》す暇がなかった。

吉岡には門弟が七、八人いたと聞いた。躱せなければ受けてしまう。宮本武蔵に用心が足りなかったということか。刀と刀ならば、折れるのは五分五分である。だが木刀と刀なら、十中八九は刀のほうが折れる。打ち込んだ門弟だって素《しろ》人《うと》ではない。兵法所でそれなりの稽古をしている者だろう。

武蔵はしばらく下り松の下に立っていた。

不測の事態というものはあるものだ。それに応じるのも武芸者の術である。いかに剣に強くとも、不測の事態に応じられなければ、宮本武蔵のように死んでしまうことになる。生きのびられないことになる。

剣術者というのは、ただ試合するときだけ剣術者であればすむ、ということではない。四六時中、剣術者でなければならないのだ。これが剣術者のつらいところである。いつ、どこで斬りつけられるかわからないのだ。寝込みを襲われることもある。

武蔵は、清洲の城下町から、いったん播州の円光寺にもどった。道場には多くの武芸者がいた。円光寺の名を聞いて、旅の武芸者たちが集まって来るのだ。

もちろん稽古はする。それよりも武芸者たちは、全国の武芸者のうちで、どのような地位にあるのかを知りたがる。他の武芸者と打ち合ってみれば、おのれの腕はわかってくるものだ。

「武蔵、成長したようだのう」

と、円光寺の和尚祐恵は言った。

「思うにまかせません」

「剣術とはどこまで行ってもキリのないものだ。常に不安につきまとわれる。怯《おび》えじゃな。いまの武蔵の怯えは何だ」

「二十人に囲まれることです。逃げるに逃げられないときにはどうすればよいか」

「おのれで工夫することだな。二十人が一度に斬りかかれるわけはない。直接、刃を交えるのは四人だ。その四人に対抗できればよい。四人を斬り、そしてさらに四人を斬る。四人ずつを斬っていけば五回で二十人になる。これが基本だな」

武蔵は、江戸の小野次郎右衛門のことを話した。

「負けたか」

「負けました。次郎右衛門はわたしより一枚上でした」

「そう思ったら、次郎右衛門に学ぶことだな。学び取ることだ」

武蔵は、酒と女のことを話した。祐恵は笑った。酒と女は気持ちの問題である。

「まだ、酒も呑まぬか」

「はい」

「女の柔肌にも触れぬか」

「はい」

「それでもよいのかもしれぬ。だが、剣士は余裕がなければならぬ」

「余裕はあるつもりですが」

「何も酒と女に溺れることはない。だが、武蔵はまだ若い。酒と女をばねにすればよい。次郎右衛門どのは、酒好き女好きでよい。武蔵がそれと違っていてもよいわけだ」

お祐は寺にはいなかった。あのあと、村の百姓と祝言《しゅうげん》を挙げたという。子も産んだと聞いた。一安心である。

おのれの怯えをなくすには稽古しかない。武蔵は木刀を持って山に入る。山を走り回り、木刀で木々を打ち回ったのはむかしのことである。

木刀を持って動かず、坐り込んで動かなかった。山の霊気が体に染み込んでくるのだ。食事も忘れた。谷川を探して水を飲んだ。坐っていて脳の中を空っぽにするのではない。逆に脳の中にさまざまなものを叩きこむのだ。

円光寺にもどってみると、お祐が来ていた。お祐の目つきを見て、武蔵はハッとなった。ひたすらな目つきだ。武蔵が寺に来ていると聞いてやって来たのだろう。

祝言を上げたと聞いて安心していたが、そうではなかったのだ。

「武蔵さま」

と言う。武蔵はドギマギした。

「お情《なさけ》を」

と言った。

「わしは、修行のために女を断っておる」

「一度だけでいいのです」

「女と肌を合わせれば、わしの修行が破れる」

そういうことではなかった。小野次郎右衛門に対する意地だった。

「そなたには亭主がいる」

「そのようなことはどうでもよいことです」

「よくはない」

武蔵は走り出した。そしてまた山に入った。次郎右衛門の意地などどうでもよかった。お祐を抱いてやればよいではないか、と思う。結局、お祐を避けるために再び円光寺を出た。

酒を呑み、女を抱けば普通の男になってしまう。普通の男になってどうしていけないのか。これは武蔵の考え方である。武蔵はどこか、かたくななところがあった。

おのれに及ぶような剣士はいない、と考えているわけではなかった。だが、並の剣士としてあつかわれるのはいやだった。

清洲の松平忠吉も、但馬・出石の小出吉政も、武蔵をただの剣士としてあつかった。それが武蔵の気に入らなかったのだ。二人とも武芸者は所詮《しょせん》、芸者であるという見方しかしないのだ。それでは武蔵の矜《ほこ》りが許さなかった。

吉野屋にもどった。吉野屋は四条烏丸《からすま》通りにあった。竹細工を売る店である。

お絹が世話をしてくれる。そのお絹の武蔵を見る目が変わってきている。妙に潤んだような目でじっと見る。誘えばすぐにでも武蔵の腕の中に転げ込んで来るだろう。この吉野屋にも長くは世話にはなれないな、と思う。女はどうしてこんなに男に飢えたような目をするのだろうと思う。世の中には男はたくさんいる。京でも女よりも男の数のほうが多いはずだ。

武蔵は、吉岡憲法に果たし状を出した。それをきっかけに、吉野屋に礼を言って辞した。野宿には馴れている。幸い金はいくらか懐中にあった。お絹から逃げる形になった。

三条通りあたりで、向こうから歩いて来る浪人を見た。ただ者ではなかった。浪人もまた、武蔵を見て足を止めた。睨み合いの形になった。睨み合ったまま双方動かない。

世の中は広いものだ。やはりこういう剣士がいた。相手は二十七、八、自信にあふれた歩き方で隙がなかった。背丈は武蔵のほうが一寸ほど大きい。野袴を穿《は》き、袖なし羽織を着ていた。髪は総髪にして結い上げていた。

刀を抜けば勝てぬかもしれない。これだけの剣客は、小野次郎右衛門の他には会ったことはない。このとき武蔵は二十三になっていた。

二十年ほど経って、武蔵はこの浪人と、尾張で会うことになる。この浪人は柳生兵庫助だった。もちろんこのときにはお互いに知らなかった。

浪人は軽く会釈《えしゃく》をして通りすぎて行った。世の中は広い、と思った。浪人の中に、これほどの剣客がいるのだ。武蔵はこの男と話をしてみたいと思った。だが、向こうから声をかけて来るのならとにかく、自分からは声をかけたくなかった。矜りである。矜りは傷つけられたくないのだ。

2

吉岡憲法は自室で書見していた。門弟が書状を渡した。

「いつだ」

「いましがた」

「すぐに新免武蔵を探せ、行方《ゆくえ》を突き止めるのだ」

門弟は走り去った。

憲法は裏を返して見た。左封であった。果たし状である。書状を開いた。宮本武蔵の仇討ちをするとあった。

場所は蓮台野《れんだいの》、日時は三月十八日、巳《み》の四ツ（午前十時）とあった。名は新免武蔵政名とあった。三月十八日は明後日である。

宮本武蔵は、弟の又七郎に打たれて死んだ。それだけの剣士だったのだ。それよりも衝撃だったのは、新免という姓だった。

先代の憲法が、足利最後の将軍義昭《よしあき》の前で新免無二斎という剣士と試合をしたことがある。そのとき、三本勝負で憲法は無二斎に二敗しているのだ。つまり、三本勝負で一勝しか上げられなかったことになる。新免無二斎に負けたのだ。

新免武蔵は、無二斎の身内の者かと思った。何かいやな予感がする。この果たし合いは受けなければならないだろう。

門弟たちはもどって来た。武蔵を見失ってしまったようだ。果たし状を手渡された門弟を呼んだ。

「どのような男であった？」

「物静かな男でした。背丈は五尺八寸ほどでしょうか。わたしと同じくらいはありました」

この時代には、五尺八寸（一七四センチ）は大男である。もっとも弟又七郎がそれくらいはある。

「齢は？」

「まだ、二十二、三歳くらいでしょう。目つきは異様でした。物静かですが、どこか恐ろしげでした」

「肉づきは」

「削《そ》げているほうです。細身でした」

「顔は丸顔か」

「いいえ細面《ほそおもて》です。顔にも余計な肉はつけていないという感じで。そう、髪はそのまま後ろで束ねていますが、臭うような浪人ではありませんでした」

門弟の話でだいたいのことはわかる。

「おまえは武蔵を探せ」

「探してどうするのですか」

「武蔵の腕を見たい」

「わたしどもが武蔵に挑むのですか」

「こわいか」

太刀筋を見たい。だが、時間がない。

「無理であろうな。よい」

「探さなくてよろしいのですか」

「そう簡単に探し出せまい。武蔵は何か癖のようなものはなかったか」

「さあ、そう言われましても」

「よい、何か思い出したら教えてくれ」

門弟は一礼して去る。一日で気持ちを果たし合いに持っていかなければならないのだ。もっとも、考える時間がないほうがいいのかもしれない。

新免無二斎、新免武蔵、どこか似ている。武蔵を無三四と書けばそっくりだ。武蔵は無二斎の息子ではないのか。もっとも無二斎と武蔵は血のつながりはない。義理の父子である。憲法の考えは、当たらずと言えども遠からずだった。

「兄者、果たし合いだと」

と言って又七郎が入って来た。

「新免武蔵か、何者だ」

「わからん」

又七郎は黙って書状を手にした。

「宮本武蔵の仇討ちとか、ならば相手はわしではないのか。武蔵を打ち殺したのはわしだ」

「だが、宛名はわしになっている」

「その新免武蔵、わしにまかせろ」

「そうはいかん、わしが立ち合う。万が一、わしが負けることがあれば、又七郎、おまえが憲法を継げ。吉岡家は残さねばならん」

「兄者、わしにやらせろ。わしに万一のことがあっても、兄者がいる。仇討ちならばわしが立ち合うのが当たり前であろう」

「それはならんぞ」

「兄者は宮本武蔵に負けたではないか」

「わしは勝っている。武蔵が礼儀知らずだっただけだ」

「今度は、稽古試合ではあるまい」

　武器は木刀とある。

「木刀ならば、わしのほうが強い」

「ならんぞ、又七郎、万一わしが負けたら、挑むではない」

「兄者、負けることばかり言うな。わしなら必ず勝つ。その勝負、わしにゆずってくれ。兄者、わしに一言《ひとこと》、たのむと言ってくれればいいことだ」

「新免武蔵は、わしを選んだのだ。宮本武蔵を殺したのが又七郎と知ってのことがなかったら、わしのほうが数段強い。武蔵はどこにおる」
「兄者も我を張る。兄者の気が通用しなかったらどうする。兄者に気というもの
だろう」

「追ってもわかるまい」

「探す。探して叩っ斬る。果たし状を突きつけたときから、試合はすでにはじまっているのだ」

「勝手にしろ」

又七郎は、足音高く部屋を出て行った。

翌日、憲法は六条柳町に足を向けた。まだ時刻が早かったせいか、清里は初店だった。それでホッと安心した。他の男に抱かれるのがいやだったら身受けすればよい。それくらいの金はあった。

もちろん、好きで清里に通って来ている。だが、身受けするほどの気はなかった。それでいて、他の男に抱かれると気になる。昨日、どんな男に抱かれようとかまわなかった。だが、当日は初店でいてほしかったのだ。一夜経てば、女の体の中から男の精汁はなくなってしまうのか。おかしなことに、そのことはあまり気にならなかった。

憲法は酒を呑む。清里が酌《しやく》をする。

「今日はよかった」

と清里が言う。初店だからである。初店でないと憲法の機嫌がよくないことを知っていたのだ。

憲法は清里の手を股間に誘った。そして一物を握らせる。一物はまだ柔らかだった。その一物に指が動く。はじめのころは清里の肌に手指を使った。憲法にだけはそれを許した。女の体は売りものである。他の客には触らせたがらない。

売りものであることに気がついて、憲法も清里の体には触れないことにした。乳房を揉めば形を変えることになる。はざまに指を使えば荒れる。女の体というのは変わっていくものだ。

「いいんですよ、触っても」

と言う。だが、憲法はただの客なのだ。自分だけで清里の体を変えてしまっては悪い。

「新免か」

と呟く。二十二、三歳、背丈は五尺八寸、髪は後ろで束ねている。髪に臭いはなかった。浪人でもましな暮らしをしているのだろう。双眸《そうぼう》が鋭いのは剣客の常である。顔は細面だ。

憲法は武蔵の姿を思い描いてみた。だいたいわかってくる。その姿に木刀を向けてみる。勝負は一気につくだろう。気を発する。武蔵は吹き飛ばされる。それを追って討つ。宮本武蔵のときがそうだった。

清里は顔を股間に埋めてきた。憲法への奉仕ではなかった。体に触れてくれないから、自分で体を潤ませたい。体を潤ませて憲法に抱かれたいのだ。そこを唾《つば》で濡らすなどしたくなかった。せめて憲法とだけは本気になりたかったのだ。

一物を口に咥《くわ》えた。そしてしゃぶる。一物を口にすれば、おのれのはざまが潤んでくることは知っていた。憲法は後ろにのけぞって両肘をついた。そうしないと根元まで口に入っていかないのだ。根元まで咥えて一物を咽《のど》で感じる。

清里を這わせた。そして裾《すそ》をめくる。白い尻を撫でた。尻の溝から手を伸ばし、指先で切れ込みに触れる。そこは多くはないが潤んでいた。その壺に一物を通した。清里は声をあげて尻を振った。

「新免武蔵には勝てる。負けるはずはない。わしの気を破れる男はいない」

気を浴びると、後ろにふっ飛ぶ。体が重くなり、思うように動かない。そこを狙えば容易に打てる。

気があるから、こうして遊んでいられるのだ。また体に肉がついたようだ。筋肉ではない。贅肉《ぜいにく》である。

「あ、あーっ、憲法さま」

と清里が声をあげて尻を振る。彼はただ尻を抱いているだけでよかった。

剣法とは、一体何だろう、と考え込んだこともある。いかに稽古をしてもたかが知れている。気の術を身につけたとき憲法は、剣術がむなしくなった。もともとは稽古は好きではなかった。もちろん吉岡兵法所を守っていくために、若いころは稽古に専心した。天性があった。三年で極意をきわめたと思った。他流試合の者たちも、憲法の足もとにも寄れなかった。気を使わなくても、誰も及ばなかった。

又七郎を鍛えに鍛えた。十日鍛練というのをやる。十日間、又七郎に隙があれば打つ。昼も夜もである。又七郎は逃げ回った。十日間は眠れないのだ。飯を食っているときも、突然現われて打つ。うつらうつらしていると打つ。しかし憲法は、どこかで休息をとり眠っている。

又七郎には憲法が眠っているのがわからない。憲法が打ちかかってくるのを受けなければならない。又七郎は悲鳴を上げた。これを三カ月に一回はやる。それで強くなった。いまは兵法所をまかせられるまでになった。また、又七郎は稽古好きである。

「憲法さま」

と清里が声をあげた。一物を抜いてやると、彼女はその場で身をひるがえして仰向けになり股を開いた。切れ込みの下方にある壺に一物を没入させる。とたんに清里は叫んでしがみついてくる。腰をしきりに回し、しゃくり上げる。

3

辰の五ツ半（午前九時）には、武蔵は蓮台野に来た。京の七野の一つに数えられる無常所である。歴代天皇、皇后をはじめ多くの人々の葬場である。

この野の端にある上品《じょうぼん》蓮台寺は、この葬場の墓守り寺として創建されたものである。春草が青々としていた。武蔵はこの草の中に寝転んだ。

武蔵は、憲法が怪しげな術を使うことを知っていた。清洲の荒木屋の手代が聞いて来ていた。所司代の同心たちが喋ったものだろう。それを伝え聞いたのだ。

宮本武蔵は背中の帯に縄をつけられ、後ろに引っぱられるようだったという。彼は必死にとどまろうとしていた。そこへ、憲法が進み出て来て、額を打った。もっとも打たずに、木刀をピタリと当てたという。武蔵はそれを受けて猛然と打ち込んだ。

そう聞いただけで、状況はわかるし、憲法がどのような術を使ったかわかる。あたりにざわめきがした。憲法が来たのだ。四ツ（午前十時）になったのだろう。門弟が十人ほどついて来ていた。その門弟たちが去る。遠くで見ているつもりなのだろう。

武蔵は動かなかった。動けば憲法に悟られることになる。無息《むそく》の術というのがある。気配を悟られぬ術である。

四ツ半（午前十一時）になり、九ツ（正午）になる。憲法は苛立ってくる。

「おのれ、武蔵」

と呟くのが聞こえた。

武蔵はようやく立ち上がった。向こうに憲法が立っているのが見えた。木刀を手にしてゆっくりと歩く。憲法が振り向いた。

「武蔵、遅いぞ、臆《おく》したか」

「何も死に急ぐことはあるまい」

憲法は近づく武蔵を待った。遅れて来たのは苛立たすためである。心を乱したら負けになる。憲法は怒りを腹の底に封じ込めた。

五間に近づいて足を止めた。双方とも木刀は右手に下げたままである。武蔵は五間から近づかなかった。憲法のほうから、一間、二間と歩み寄った。間は三間である。

足を擦《す》るようにしてさらに一間を詰める。そして、睨み合った。

憲法が、気を放った。

武蔵の体が紙風船のように浮き上がるのを見た。憲法が足を擦って間を詰める。武蔵は背を向けて走っていた。

憲法の気に逆らおうとすると、体が重くなり、手足が動かなくなる。武蔵は気に抵抗しようとしなかった。吹かれるままに走ったのだ。追っていた憲法は途中で立ち止まった。足では武蔵にはかなわないのだ。

憲法が追って来ないと知ると、武蔵はまたもどって来た。気に抵抗しようとするから、体が動かなくなる。武蔵はそれを知ったのだ。知ってしまえば、どうということはなかった。

憲法はまた気を発した。武蔵もまたふわりと逃げ出した。二度目はかなり弱くなっていた。三度目はさらに弱くなるだろう。

三度目は、間を二間にとって武蔵が、

「キエーッ」

と気合いを発した。気合いと気がぶつかり合った。とたんに、武蔵が跳《と》んだ。

それを憲法が受けた。木刀と木刀がぶつかり合って音を発した。

すでに気を発しても、武蔵には通用しなかった。気というものは貯えたものである。一度二度発すれば弱くなっていく。

武蔵に打ち込まれて、憲法は一歩二歩と退《さが》る。このまま追いつめていけば、憲法は息がつけなくなる。武蔵は足を止めた。憲法はそれを隙とみた。

間合いに入って上段から木刀を叩きつける。間合いに間違いはなかった。だが木刀は空を叩いた。そんなはずはなかった。武蔵はもとの位置に立っている。打たれる前に受けるはずだ。

憲法は目を剝《む》いた。木刀を振りかぶり振り下ろすときに、両手首が視界をさえぎる。その一瞬に武蔵は間合いを外したのだ。

憲法の体は前に泳ぐ。立ち直ろうとするが間に合わなかった。武蔵の木刀が右肩を打った。

「アッ！」

と声をあげた。そして片膝ついた。右肩の骨が砕けたのだ。武蔵は殺さなかった。骨が砕ければ、再び木刀を手にすることもできないのだ。

武蔵は、木刀をそこに投げ捨てると、足早に歩き去った。


「なに、兄者が負けた？」

と又七郎は叫んだ。門弟が蓮台野から走って知らせて来たのだ。

「それで、兄者は生きているのか」

「右肩を砕かれておいでです」

「だから言わんことじゃない。わしにやらせておけばよかったものを」

と切歯扼腕《せっしやくわん》する。又四郎は兄憲法が木刀を持てなくなったのを知った。

「田舎剣術者に吉岡が負けては恥じゃ、武蔵はどこへ行った？」

「わかりません。逃げたようでございます」

「探せ、探せ、わしが打ち殺してくれる」

と怒鳴る。

そこへ憲法が戸板で運ばれて来た。

「兄者、負けたか、生きているだけましだ」

「又七郎、武蔵と立ち合ってはならんぞ」

「何を言うか兄者、これでは吉岡は立ち行かんぞ」

「潰れるよりはましだ」

　憲法は赤い顔をしていた。熱が出たのだ。もちろん医師が呼ばれた。憲法は居間の夜具に寝かされた。

「又七郎、やめよ、武蔵を相手にしてはならん。わしの命令じゃ」

「わしが負けると思うか」

「勝てん、武蔵は並みの剣士ではない。わしの気は武蔵に敗れた。おまえなど相手にならん」

「言うな、兄者、兄者は剣術から引退した男だ。隠居だ。兵法所はわしが継ぐ」

「それでよい。武蔵を無視せよ」

「そうはいかんぞ、兄者。武蔵を倒さなければ兵法所は立ち行かん」

「又七郎、やめよ」

　そこで憲法の気力はとぎれた。痛みに耐えるのが精いっぱいだったのだ。

　又七郎は、三百人の門弟を京の町に走らせて武蔵を探させた。憲法がやめよ、と言っても止まるわけはなかった。血の気の多い又七郎が静まるわけはなかった。また、宮本武蔵を打ち殺したという自信もあった。

憲法が新免武蔵に負けておいて、又七郎に出るな、と言っても無理だったのだ。

憲法は熱を出して眠った。又七郎は部屋を出ると道場に向かった。この日は稽古を休んでいた。弟子の三十人ばかりが、蓮台野に行っていた。武蔵は急いで立ち去ったという。三十人に囲まれるのがいやだったのだ。

新免武蔵、二十歳を過ぎたばかりの齢だったという。又七郎は二十六歳になっていた。おのれの二十二、三のころを考えてみた。まだ兄の憲法にいじめられていたころである。

年齢から武蔵の腕を測ろうとしていた。憲法がなぜ負けたのか、を考えてみた。いまでは又七郎は憲法より上だと思っている。だが、むかしはさんざん叩きのめされた。それだけの腕はあった。それに気の術があった。

その気の術が武蔵には通用しなかったというのか。又七郎も憲法に気を浴びせかけられたことがある。浴びせかけたと言うにふさわしい。体が重く動けなかった。動かなくなったところを打たれれば、誰だって勝てないのだ。

それをどうして武蔵が抜けられたのか。それを思うと、武蔵という男が無気味に思えてくる。

武蔵が三十歳以上であったら、憲法に勝てるのもわかる。

「若僧が」

と唸《うな》った。

そこへ、門弟三人が駆け込んで来た。

「若先生、新免武蔵に会いました」

「まことか」

「新免のほうから、わたしに声をかけて来たのです。吉岡兵法所の者であろうが、と」

「それで何と言った」

「明朝明け六ツ（午前六時）、三十三間堂《さんじゅうさんげんどう》にて待つと。武器は真剣にしたいと」

「なに、明日の明け六ツか」

「はい、宮本武蔵の仇だと申しておりました」

「わかった。高田たちを呼んで来てくれ」

高弟五人が集まった。宮本武蔵を殺したときの仲間である。

「明日、明け六ツ、三十三間堂だ。よいか、負けるわけにはいかんのだ」

「昨年の宮本武蔵よりも簡単でしょう。若いということですから」

と高田が言う。

「そういうわけにはいかんかもしれん。兄が負けている。慎重にやらないと討ち洩らすことになる」

又七郎は、五人の高弟と計画を立てはじめた。

4

武蔵は、三十三間堂に来ていた。大和大路《やまとおおじ》七条通りにある。東側に東大路通りがあり、その道端に智積院《ちしゃくいん》がある。鴨川を渡ったところである。

一間に一本の柱が三十三本立っている。細長い建物である。この三十三間堂の中には、鎌倉時代の運慶《うんけい》、湛慶《たんけい》などの名仏師たちが約百年がかりで制作した千一体の千手《せんじゅ》観音が安置されている。

正しくは蓮華王院《れんげおういん》といい、現代より八百年前に後白河上皇《ごしらかわじょうこう》が住まいの法住寺《ほうじゅうじ》の中心に仏殿を建てたのが始まりであったが、鎌倉期に焼失した。そのあとに後《ご》嵯峨《さが》天皇が建物、仏像を復興した。

　武蔵は三十三間堂の周りを歩いた。果たし場の地形だけは見ておきたかった。又七郎が一人で来るわけはない。吉岡兵法所の命運がかかっているのだ。

　一乗寺でも、門弟が七、八人いたという。武蔵を囲んで討ち取る計画を立てて来るだろう。人が隠れやすそうなところを探した。はじめからは囲むまい。又七郎が斬り合うまでは隠れているのだろう。

　そのほうが武蔵を討ち取りやすい。武蔵は又七郎の立場に立って考える。すると門弟が潜《ひそ》む場所は限られてくるわけだ。

　武蔵は、三十三間堂を出た。又七郎も門弟たちと共にこの場所を確かめに来るはずである。顔は合わせないほうがいいだろう。彼は鴨川へ向かった。川畔を歩く。いい季節である。三月も下旬である。桜の花も過ぎた。日々に気温は高くなる。浪人にとっては楽な季節だ。

　流れのそばに腰を下ろした。日が照ると暑いくらいだ。水の流れを眺めている。

　村を出たのが十四歳のときだった。ふと母を思い出した。平田無二のところで無事に生きているのだろうか、と思う。武蔵は親に甘えたことがなかった。甘えられる親がいれば剣術者などにはならなかったろうと思う。淋しい思いを稽古にぶつけてきた。十三歳で有馬喜兵衛を殺した。殺したことでふんぎりがついたのかもしれない。

剣術とは人を殺す術である。人を斬るのにためらいがあってはならないのだ。そのように自分に言いきかせて生きてきた。

いま、なぜ吉岡又七郎を斬らなければならないのかは考えてみてもわからないことだ。わからないことは考えないほうがいい。このまま剣術者として生きることになる。十四歳から出発して、いまは二十三歳になるのだ。

おそらく仕官はできまい、と思っている。理想が高すぎた。三十石と言われてがっくりきた。百石と言われ自嘲した。目標は三千石である。もちろん、仕官するときには三千石でなくてもいい。将来三千石に届く石高が欲しかった。

小野次郎右衛門は二百石で仕官し、いまは六百石である。おそらく六百石で終わりだろう。あれほどの達人がである。武蔵の矜りが充たされることはない、とすると生涯浪人か。流れを見ていると、そんなことを考えてしまう。

翌朝――。

夜明け前に、又七郎以下、門弟が五人現われた。三十三間堂の庭に入ると、又七郎を残して五人はそれぞれの位置に散る。まだ日は登っていなかった。

武蔵は、庭木の中に潜んでいた。そこへ高弟の一人がやって来る。武蔵は、背中から抱きつき左手で口を押さえ、右手に抜いた脇差で男の首を掻き切った。

できるだけ敵は減らしておきたかったのだ。又七郎と立ち合う前に、やれることはやっておく。これが武蔵のやり方である。又七郎には勝てる。たとえ五人が囲んでも斬り抜けられる。だが、門弟をできるだけ始末しておきたかった。

まだ明け六ツには時がある。それだけに門弟たちものんびりとしていた。松の木のそばにかがんでいる門弟に、背後から近づく。そして背後から抱きつき、口を押さえて首を掻く。首筋から音を立てて血が噴出する。ゴボゴボと音を立てる。気管に血が流れ込んだのだ。門弟はしきりに体を痙攣《けいれん》させる。痙攣がやむまで、じっと頭を抱いてやるのだ。痙攣がなくなると、そっと寝かせる。

三人目は石の陰に隠れていた。ゴーンと鐘が鳴る。近くの寺で鐘を突いていた。明け六ツの鐘である。三人目の後ろから抱きついて口を押さえた。そして脇差を左胸に突き刺した。ズズッと肌を破り心臓に達した。その拍手に脇差をひねる。ひねっておかないと抜けなくなる。脇差を引き抜くと、まるで水鉄砲のように血が噴き出した。腕の中で男の体が震《ふる》えた。腕の中で命が一つ消えていくのだ。噴き出す力が弱くなると、手足も動かなくなる。それをゆっくり寝かしつけてやる。

辰の五ツ（午前八時）になった。又七郎はしきりに庭を歩きまわっていた。もう一刻《とき》（二時間）も待っているのだ。焦《あせ》るなと言っても無理だろう。気は短いほうだ。

武蔵は刀を抜いてゆっくりと又七郎の目の前に現われた。

「新免武蔵、遅いぞ、臆《おく》したか」

「憲法も同じことを言ったぞ」

又七郎は荒々しく刀を抜いた。五間の間をとる。又七郎は刀を三度振った。空気が笛の音《ね》を発した。威嚇《いかく》である。だが、武蔵には通じなかった。

門弟が二人姿を現わした。うおっ、と又七郎は目を剝いた。あとの三人はどうしたのか。

「三人はすでに死んでいる」

「なにっ」

一気に勝負を決めようと、間を詰めてくる。間合いに入った。とたんに上段にとった。

「無理なり」

と武蔵は叫んだ。叫びながら、さらに間合いを詰める。そして左から右へ刃を薙《な》いだ。武蔵には、又七郎が上段に振りかぶる前に上段から斬りかかってくるのは見えていた。これを影が見えるという。又七郎には武蔵の影は見えていなかったのだ。

腹部の布が裂けた。懐中に入っていたものが足もとにこぼれ落ちる。又七郎は刀を振り上げたまま、おのれの腹を見ていた。浅黒い肌が見えた。そしてその肌がゆっくり上下に開いていく。

「なぜ」

と呟いた。又七郎は充分に剣の速度はつけていた。後の先はとれなかったはずである。又七郎は刀を振り上げる前に武蔵が動き出したのを見たのである。そんな馬鹿なと思う。動く前にどう動くかが見えるなんて、そんなことがあるわけはないのだ。早く刀を動かせるのは、自分に及ぶものはない、と考えていたのだ。

振りかぶる前に、武蔵は、無理なり、と叫んだ。何が無理だったのか。又七郎は身震いし、血の気を失った。もちろん、腹を裂かれては命が終わりであることを知っている。

二十歳を過ぎたばかりの男が、このような剣を使えるとは思ってはいなかった。昨年討ち取った宮本武蔵の伎倆を念頭においていた。だからいきなり振りかぶったのだ。

「おのれ！」

と叫んだ。叫ぶには力が入る。その力で腹の中の臓物がズルリと出て来た。白い管《くだ》が腹にぶら下がった。陽《ひ》の光がそれを剝き出しにしていた。斬りつけように も、腹にぶら下がる臓物が邪魔だった。そのあとから、チロチロと赤いものが流れ出す。

又七郎は泣きべそをかいた。ここで死んでいくのが無念だった。二人の門弟は又七郎が斬られたのを見て逃げ出した。逃げ出したのではなく、兵法所に知らせに行ったのだ。

武蔵は、刀を右手に下げたまま、そこに立っていた。

「わしに、何の恨《うら》みがあったのだ」

「果たし合いに恨みなどない」

「おまえは、宮本武蔵の何なのだ」

「赤の他人だ。だが名が同じだった」

「おまえも、宮本武蔵か」

「そうだ。見分けがつかなくなるので新免武蔵と名乗った」

「なぜ、逃げぬ」

「ひとりぼっちでは、あんたが淋しかろうと思ってな。死んでいくときには誰かそばにいてほしいものだ」

「そのようだな、かたじけない」

「又七郎さん、どうしてわれわれは剣術の稽古をしなければならんのか、考えたことはないか」

「わしは、兵法所を守るためだった。守らねばならなかったのだ。それにしても、あんたはどうしてわしが斬れたのだ」

「影だよ。わしには影が見える」

「影とはなんだ」

「刀が動く前に体が動くのが見える。体には斬る形というものがある」

「あんたは、その影が見えるのか」

「見える」

「影の見える剣士は何人いる」

「少なくとも十数人はいるだろうな。わしは影の見える男をひとりだけ知っている。将軍家指南、小野次郎右衛門だ」

「聞いたことはある。そうか影が見えるのか、上には上がいるものだ。兄が負けたのもやっとわかった。武蔵よ、逃げろ。門弟たちが走って来る」

「そのようだな、又七郎さん、それでは」

と言うと、武蔵は走り出していた。

5

三条大橋の西詰に高札が立った。新免武蔵に告ぐ、とあった。憲法の甥《おい》又三郎《またさぶろう》を名代《みょうだい》にして果たし合うものなり、とある。最後に、吉岡家親類一同、門弟一同、日付は三月二十五日、明け六ツ、場所は一条下り松、とあった。

武蔵は、この高札を知らなかった。それで京を出ようとしていた。これから九州に向かうつもりだったのだ。

通りがかりの浪人が、新免武蔵という名前を口にした。その浪人を呼び止めた。

「失礼、いま新免武蔵と言われたようだが」

「おぬし、知らないのか、吉岡一門と新免武蔵が試合するそうだ」

「それを誰に聞かれた」

「三条大橋に行ってみればわかる」

「かたじけない」

と、もどりはじめる。

「待て、おぬし、新免武蔵ではないのか」

「いや、拙者は宮本武蔵でござる」

浪人は頭をひねりながら去っていった。武蔵は三条大橋までもどって高札を見た。その高札を引っこ抜いて、鴨川の流れに投げ込んだ。

このままでは京を去れなくなった。

その足で竹細工の吉野屋へ向かった。吉野屋宗右衛門《そうえもん》は、果たし合いのことは知っていた。

「試合の日まで厄介《やっかい》になるわけにはいくまいか」

「よろしゅうございます。どうぞお上がりなすってくださいませ」

「ついでにすまぬが、憲法の甥又三郎という者、いくつくらいか聞いて来てくれまいか」

「わかっております。十三歳と言うております」

「十三歳か」

礼を言って部屋に入った。十五、六とみえる女が、

「お世話させていただきます」

と部屋に入って来た。

「お絹さんはどうした」

「はい、男の方と烏丸通りにお住まいです。呼んでまいりましょうか」

武蔵はあわてて手を振った。田舎娘らしいところがよかった。まず、武蔵は風呂に入れてもらった。髪を洗う。すっきりしたかったのだ。湯につかって、十三歳か、と呟いてみる。

武蔵が有馬喜兵衛を殺した齢である。すでに子供ではない。子供は斬りたくないのだ。

吉岡家では憲法が怪我をし、又七郎は死んだ。このままでは吉岡兵法所は潰れる。潰したくない人たちがいたのだ。兵法所をいままでどおり保つには、新免武

蔵を斬らなければならないと考えた。

考えてみると、吉岡一門の挑戦は無視してもよかった。浪人の呟きを耳にしなければ、そのまま京を出ていたところだ。

風呂から出て部屋に入る。

吉岡は、どういう果たし合いをするつもりなのか。名代又三郎が立ち合うわけではないだろう。だが、まず名代から斬らなければならない。そうでなければ決着はつかない。おそらく敵は百人くらいは門弟を揃えてくるだろう。百人に囲まれて斬り抜ける自信はなかった。

翌日、一条下り松に行ってみた。地形は見ておかなければならない。あたりには人家はない。松の古木に一方は土堤《どて》で、一方には畑が拡がっていた。土堤のほうには竹藪《やぶ》がある。武蔵の頭の中には、どう切り抜けるかだけがあった。

おそらく、一行の本陣はこの松の下あたりになるだろう。頭の中で作戦はできていく。試合の当日まであと三日あった。

吉岡方は、高札が引き抜かれ、鴨川に投げ捨てられたことで武蔵が挑戦を受けたことを知ったであろう。武蔵は三日間を吉野屋でごろごろと過ごした。しきりに一条下り松の場面を頭に描いていた。相手の人数はわからない。相手は武蔵を囲んで一気に討ち取る作戦に出るだろう。

三月二十五日――。

一条下り松。

武蔵は、下り松に登っていた。手ごろな枝に腰を下ろした。まだ夜明けには早かった。あたりは闇である。もっとも星明りはあった。

昨夜はほとんど眠らなかった。武蔵ほどの男にしても眠れなかったのだ。どう戦うかである。酒でもあれば、あるいは女でも抱けば落ち着くのであろうがと思う。だが、それは酒や女に甘えかかることでもある。剣術者は誰にも、何にも甘えることは許されないのだ。

武蔵は、木の上でうつらうつらと眠りはじめた。急に眠気がさしてきたのだ。それだけ豪胆だということではない。人は緊張しすぎると欠伸《あくび》が出て眠くなる。

異様な気配に目を覚ました。そして小さくアッと声をあげた。武蔵は多くの灯りを見たのだ。灯りは列を作って長蛇のごとくゆっくりと近づいて来るのだ。

これが敵なのか、と思った。灯りはこの下り松をめざして近づいて来る。松明《たいまつ》と提灯《ちょうちん》である。武蔵は目を剝き、馬鹿な、と呟いた。これではまるで合戦ではないか。たった一人を討ち取るのに、軍勢が動いている。軍勢は松の木の下に集まって来る。そしてそれぞれの配置に散っていく。

弓を持っている者が三十人ほどいる。槍を立てている者がこれも三十人ほど。総勢二百人以上である。

「どうせ武蔵は遅れて来る。苛立たぬことだ」

と老人が言った。吉岡一門の長老だろう。吉岡の主だった者たちが戦略を練った。その結果がこれだ。もう少し考えようがあったであろうに。

もっとも吉岡の門弟は一千人いると言われている。その中の二百である。たいした量ではないのかもしれない。

武蔵ははっきりと目を覚ました。たった一人の剣術者に二百の兵が挑む。剣術者と言ってもバカにならないな。これを見れば、もっと高禄で召し抱えられてもいいのではないかと思う。

明け六ツまでにはまだ間がある。吉岡一門は気を抜いた。どうせ武蔵は遅れて来る、と思い込んでいる。だが、武蔵は遅れて来たことは一度もなかった。

蓮台野ででも三十三間堂ででも、である。むしろ先に来ていたのだ。遅れて来るほどの勇気はない。剣術者は慎重である。生きのびなければならないからだ。

吉岡一門の中にそれを考えた者はいなかったのか。

又三郎は、木の下に据えられた床几《しょうぎ》に坐っていた。たしかにまだ子供子供している。武蔵が十三のときにはこうではなかった。一人で生きていかなければならなかったからだ。誰一人として甘えさせてはくれなかった。

はじめは村の人たちも、十三歳の武蔵に味方した。だが、有馬の頭を砕いたら、むごい、と顔をしかめた。拍手する者など一人もなかったのだ。もちろん、武蔵はそのころから人を信用しなくなった。

二百の剣士に守られながら、武蔵が又三郎を斬れば、京の人もむごいと言うだろう。二百の吉岡一門を斬れるわけはない。勝負を決するには名代である又三郎を斬るしかないのだ。剣術者というのはむごいものである。

武蔵はスルスルと松の木を下りた。まだあたりは暗い。誰も武蔵に気がつかない。松の木に登っていたなどと思う者は一人もいなかった。武蔵はゆっくりと刀を抜いた。水平に刃を使った。

又三郎を見ていた。声もなく、首が転がり落ちた。それでも長老たちは気づかない。そばにいる者を、上段から雁金《かりがね》に斬り下げた。次は胸のあたりを薙《な》いだ。三人目は水月《みぞおち》を突いた。四人目は首を刎《は》ねた。

まだ、味方が斬られているのに気づかない。明け六ツにならなければ動いてはならないと思い込んでいるように。

「又三郎さま、寒うはござらぬか」

と長老が声をかけた。そして頭がないことに気づいた。あわてて長老は又三郎の首を蹴った。ヒエーッ、と声をあげた。そして、近くに横たわっている者がいることに気づいた。

「おのおの方、武蔵ぞ」

と叫んだつもりだったが、他には聞こえなかった。

武蔵は腰を落として、目の前の男の顔面を裂いた。次の男の左腕を肩から斬った。左腕が体から離れて、地面にドサッと音を立てて落ちた。斬られた本人は斬られたことに気づかず、おのれの左腕を見た。地面に左腕が転がっているのは異様だった。それがおのれの腕だと気づいて、

「ワーッ！」

と叫んだ。他の者たちが振り向いた。だが何が起こっているかわからなかった。まさかここに武蔵がいるわけはない、と思い込んでいる。思い込みというのは判断を狂わせる。一人の男が刀を振り回して舞っている。それくらいにしか考

えなかった。

「何だ、どうしたんだ」

と一人が声をあげた。それでも刀柄に手をかけている者すらいなかった。

武蔵は無駄なく動いていた。一人を斬る。するとすでにそこにはいない。斬っているうちに加速度がつく。

頭の鉢《はち》をはねた。左首根に刀を叩き込む。刃は斜めに通った。頭と右肩が滑《すべ》った。そのまま滑り落ちて転がった。当たるを幸い、とはこのことだろう。男たちは木偶《でく》だった。立ったまま斬られていく。

胴を一刀両断した。下半身が倒れて、上半身がストンと地面に落ちる。落ちた本人は、周りの人を仰《あお》ぎ見る。自分の背丈がなぜ急に縮まったのかを不審がる。

両眼を裂いた。ワッと声をあげ、両手で顔をおおった。左耳の上から刃を入れる。それを斜めに斬る。顔が半分滑り落ちる。両眼は落ちたほうについていた。

手首を返して、次の男の腹を裂く。しばらくは腹を裂かれたことに気づかない。おのれの腹の異常に気づいてそこに手をやり、

「ワーッ」

と叫ぶ。

二十人ほどを一気に斬った。その間、息もつかなかった。一呼吸、二呼吸、また武蔵は動いた。

気づいて刀を抜いた者もいた。やっと刀柄に手をかける者もいた。だがどれが武蔵かわからない。刀を抜いても誰を斬ればいいのかわからない。

刀を持っている右腕を斬り落とす。刀柄を摑んだ右手首を斬り落とす。

果たし合いの時間を明け六ツにしたのは、吉岡方の失敗だった。明るい昼にすべきだったのだ。それでなければ、明け六ツの鐘が鳴ってから出動すべきだった。武蔵をなめたやり方だった。

多量の血が流された。もちろん、血の流れたところには武蔵はいなかった。次々と立つ位置を変える。

「武蔵だ。武蔵がいるぞ！」

と叫んだ。その声に向かって門弟たちがなだれを打って走り寄って来る。血に滑って転ぶ者、死体につまずいて倒れる者。

武蔵は斬りながら、竹藪に近づいていく。さらに二十人ほどを斬った。人は集めたが陣容がなってはいなかった。武蔵は竹藪に走り込んだ。追って来る者はなかった。

そのときになってようやく刀を抜いて、味方同士、斬り合いをはじめた。武蔵は刃を拭《ぬぐ》いながら、何人を斬ったのだろう、と考えた。二十五、六人までは数えていた。そのあとはわからなかった。

吉岡憲法は、夜具の上に坐っていた。熱は引いたものの、左腕は首から吊ったまま、動かせなかった。

兵法所はやめようと思った。知り合いに染物にくわしい李三官《りさんかん》という唐人がいる。その三官から染物の技術を教わって、紺屋でもはじめようと考えていた。憲法は、又七郎の死も、一条下り松の決闘も知らなかった。

「剣術とはむなしい。いかに強くてもいつかは負けるものだ」

と呟いた。

あとがき

担当編集者から、宮本武蔵顕彰《けんしょう》会編の『新・宮本武蔵考』をコピーしてもらった。この本を中心に書いたつもりである。もちろん、宮本武蔵顕彰会の書だから身びいきがある。

だいたいこの書を読んでも、宮本武蔵という人物はよくわかっていない。生まれた所にしても二カ所あるし、宮本武蔵という人物が何人かいたらしいともいう。

はっきりしているのは、後年、武蔵が肥前《ひぜん》の細川《ほそかわ》家に客分としていたこと、『五輪書《ごりんのしょ》』を残したことくらいで、あとは何もわかっていない、ということが資料を読んでわかった。

宮本武蔵を書いた小説家は少なくない。その代表が吉川英治《よしかわえいじ》の『宮本武蔵』であり、それが定説のようになっている。だから、観光客などは、お通《つう》さんの墓はどこにあるか、と聞く人が多いという。

つまり吉川武蔵が真実だと思っている人が多いのだ。そんな武蔵を私が書くことになった。つまり、私の武蔵を書かなければならない。吉川武蔵をなぞってはいけないのだ。

武蔵は、有馬喜兵衛《ありまきへえ》と秋山《あきやま》某の名は上げている。十三歳のときに有馬喜兵衛と試合したと。これを採《と》って、たいていの小説家は、この有馬との試合から書きはじめている。

そのシーンが私には気に入らない。たいていの小説は、有馬に組もうと言って、金太郎《きんたろう》のように有馬を頭上にかかえ上げて叩きつけ殺している。つまり武蔵に剣の技量がなかったと考えているからだ。

武蔵は四歳から剣を学んでいる。十三歳ならば九年間である。そんな武蔵が木刀を使えなかったわけはないのだ。有馬喜兵衛を木刀で殴り殺すくらいの技はあった、と考えるべきだろう。私はこの辺から、これまでの武蔵小説に疑問を持ちはじめた。

武蔵には女がいなかった。お通さんは吉川英治の作りものである。武蔵顕彰会では、播州《ばんしゅう》の円光寺《えんこうじ》に女の影があったという。私の書いたお祐《ゆう》である。この他は女の影はどこにもない。

　ある人は、武蔵は子供のころから異相であったと書いている。二十三歳で京に現われた武蔵は髪を後ろで束《たば》ね、頬骨が高く、目は黄色かったと書いている。異相だから女にまったく相手にされなかったのか。異相というのは、後年老武蔵の自画像のイメージだろう。若いころからあんな顔をしていたわけはないのだ。若いころから化物《ばけもの》のような顔をしていたのでは、これも小説にはなりにくい。

　また、武蔵は女を近づけないために、風呂にも入らず臭気プンプンの姿をしていた、と書いている人もいる。異相で臭気プンプンでは、女どころか男だって逃げてしまう。これではまるで乞食《こじき》である。果たし合いをする人だって、こんな男とは向かい合いたくないだろう。

　武蔵は『五輪書』を書いているのだから、自伝くらい書いておけばよかった。六十余度試合して負けたことなしと書いている。六十余度のうち十人くらい書いておいてくれたら、武蔵像もずいぶん違ってきたろうと思う。

　武蔵が自伝を書かなかったのは、書けない事情があった。つまりあまり誇れるような過去ではなかった、ということになりそうだ。京の吉岡《よしおか》一門についても一行も書いていない。吉岡の資料によると、憲法《けんぽう》が勝って武蔵は負け、あるいは引き分けとなっているそうだ。

宮本武蔵は何人かいたという。たしかに武蔵と名乗ったのは何人かいたらしい。私は、平田無三四《ひらたむさし》、平田武蔵、宮本武蔵、新免《しんめん》武蔵と名前を変えている。他の書を読むと、竹村《たけむら》武蔵、岡本《おかもと》武蔵という名前を見ることができる。もっといたのかもしれない。

第一、名前というのはいいかげんなものである。宮本村生まれだから宮本である。昔は戸籍というものがない。だから、どう名前を変えてもよかったのだ。明治になってから、幕末に持っていた名前を変えた有名人は多い。誰が宮本武蔵の名を使っても、どこからも文句は来なかったのだ。

本書の中に〝気〟と〝影〟ということが出てくる。私にはこの気ということがわからない。

肥後《ひご》に二階堂《にかいどう》流の中祖、松山主水《まつやまもんど》という者がいた。この主水が〝気〟を使ったという。武蔵はこの主水と試合しようとして〝気〟がわからず逃げ去ったと言われている。

この気ということ、現代でもあるようだ。『武道修業の道』にもあった。それに私はテレビで気というものを見たのだ。歌手の金井克子《かないかつこ》と由美《ゆみ》かおるのダンスの先生だったと思う。その人が気を見せてくれた。テレビでは、指先を相手の肩にほんの少し触れると、相手の男はふっ飛んで転がった。私の記憶違いでなければ、現代にも気を使える人が何人もいるらしい。

綿谷雪《わたたにきよし》氏は、『日本剣豪一〇〇選』（秋田書店）の中で「松山主水には〝心の一方〟とも〝すくみの術〟ともいう秘術があった。これは今でいう瞬間催眠術であった」と書いておられるが、私は催眠術とは別ものだろうと思っている。あるいは催眠術であるのかもしれない。

つまり、この小説の中の気は、私の創作ではない。もう一つの〝影〟は私の創作である。だが理論的だと思っている。

むかし読んだ剣術の本に、相手の剣尖《けんせん》と拳《こぶし》の二つを見ていよ、そのどちらも動かなければ相手は斬って来れないのだ、とあった。一見道理のように聞こえる。

だが、この二点を見ていて反応したのでは遅すぎる。剣に後《ご》の先《せん》ということがある。相手が動き出したのを見てから反応し、相手を斬ることである。現代の相撲の技の中にも後の先はある。

だが、剣での後の先は非常に危《あやう》い技である。一歩間違うとおのれが斬られてしまう。これもタイミングなのだろう。

私の影は、剣尖も拳も見ない。相手の体全体を見ている。体全体の動きを見ていると、その形から、どこへ斬り込んで来るかがわかるのだ。動く前から動きがわかれば、相手がどのように斬り込んで来るかがわかる。つまり、それに応じるまでには余裕があるということだ。だから、たとえ後の先も余裕をもって使えるということになる。

この影が見える人を達人名人と言ったのだろうと思う。

武蔵は、小野次郎右衛門《おのじろうえもん》と立ち合う。次郎右衛門は武蔵に、そこまで達するのに十年早かった、と言った。武蔵は十年早く極意に達してしまった。天才だったのだろう。

天才であっただけに傲慢《ごうまん》だった。若くして人間がひねていたのだ。次郎右衛門に、酒と女に溺れよと言われる。それに反発して武蔵は、おれは一生酒は呑まぬ、女は抱かぬと決める。二十歳のときだ。だから武蔵は女を寄せつけなかった、と私は理由をくっつけたわけだ。

武蔵は傲慢な男だったと思う。やはり三千石くらいは望んでいたものと思う。

先日、私は柳生《やぎゅう》の里を訪れた。そのとき家老の屋敷というのがあった。柳生家の家老はなんと二百石だったのだ。三千石がどんなものか武蔵にはよくわかっていなかったのではないのか。だが、武蔵の矜《ほこ》りは三千石だったのだろう。ついに武蔵は仕官することがなかった。

私の武蔵は、京都を舞台とした。武蔵は京には行かなかったのかもしれないが。第一、京都で吉岡兵法所と斬り合っても何の意味もなかった。大名がいるわけでもなく、名前を上げても一銭にもならなかったのだ。それでも吉岡一門と斬り合いをさせた。

吉岡憲法が悩むように、剣術の稽古は何の意味もありはしなかった。剣術とはそんなものである。大名だって武芸者を必要としなかった。小出吉政《こいでよしまさ》が三十石と言ったのも、当たり前だったのかもしれない。

私は、ここ二十年ばかりチャンバラのことばかり考えている。もちろんそれだけではないが。人を斬ることばかり考えている。私はすでに三千人ばかりの人を斬っているのではないか、と思っている。もちろん小説の中である。私は私が斬った者たちのために供養をしなければならないのでは、と考えている。

平成三年一月

峰《みね》隆《りゆう》一《いち》郎《ろう》

参考資料

『京の史跡めぐり』竹村俊則著（京都新聞社）
『真説宮本武蔵』司馬遼太郎著（講談社文庫）
『新・宮本武蔵考』岡山県大原町宮本武蔵顕彰会編
『宮本武蔵七つの謎』新人物往来社編
『武道修行の道』南郷継正（三一書房）

（この作品『日本剣鬼伝　宮本武蔵』は、平成三年二月、小社から刊行されたものの新装版です）

日本剣鬼伝 宮本武蔵

一〇〇字書評

切・り・取・り・線

購買動機（新聞、雑誌名を記入するか、あるいは○をつけてください）	
□（　　　　　）の広告を見て	
□（　　　　　）の書評を見て	
□ 知人のすすめで	□ タイトルに惹かれて
□ カバーが良かったから	□ 内容が面白そうだから
□ 好きな作家だから	□ 好きな分野の本だから

・最近、最も感銘を受けた作品名をお書き下さい

・あなたのお好きな作家名をお書き下さい

・その他、ご要望がありましたらお書き下さい

住所	〒				
氏名		職業		年齢	
Eメール	※携帯には配信できません	新刊情報等のメール配信を 希望する・しない			

この本の感想を、編集部までお寄せいただけたらありがたく存じます。今後の企画の参考にさせていただきます。Eメールでも結構です。

いただいた「一〇〇字書評」は、新聞・雑誌等に紹介させていただくことがあります。その場合はお礼として特製図書カードを差し上げます。

前ページの原稿用紙に書評をお書きの上、切り取り、左記までお送り下さい。宛先の住所は不要です。

なお、ご記入いただいたお名前、ご住所等は、書評紹介の事前了解、謝礼のお届けのためだけに利用し、そのほかの目的のために利用することはありません。

〒一〇一－八七〇一
祥伝社文庫編集長　坂口芳和
電話　〇三（三二六五）二〇八〇

祥伝社ホームページの「ブックレビュー」からも、書き込めます。
http://www.shodensha.co.jp/bookreview/

祥伝社文庫

日本剣鬼伝《にほんけんきでん》 宮本武蔵《みやもとむさし》 新装版《しんそうばん》

平成27年6月20日 初版第1刷発行

著 者 峰《みね》 隆一郎《りゅういちろう》

発行者 竹内和芳

発行所 祥伝社《しょうでんしゃ》

東京都千代田区神田神保町3-3
〒101-8701
電話 03(3265)2081(販売部)
電話 03(3265)2080(編集部)
電話 03(3265)3622(業務部)
http://www.shodensha.co.jp/

印刷所 堀内印刷
製本所 ナショナル製本
カバーフォーマットデザイン 中原達治

 ISBN978-4-396-34128-2 C0193

祥伝社文庫の好評既刊

峰 隆一郎
日本仇討ち伝 烈剣
江戸浄瑠璃《じようるり》坂の対決

寛文《かんぶん》十二（一六七二）年、赤穂浪士《あこうろうし》に先立つこと三十年、四十人対六十人が激突した因縁の大仇討ち……。

峰 隆一郎
夜叉《やしや》の剣

生類憐《あわれ》みの令下、屋敷に犬の死骸を投げ込まれた水流丸石見《つるまるいわみ》は八丈島に流罪。だが脱獄した石見は……。

峰 隆一郎
鬼神の剣

福岡藩士八名に凌辱《りようじよく》された妻が、わが子を殺し、自らも命を絶った。鬼神と化して妻の敵《かたき》を葬る法眼《ほうげん》の剣！

峰 隆一郎
餓狼《がろう》の剣

関ヶ原合戦後、藩が画策する浪人狩りに、新陰流の達人・残馬左京の剣が奔《はし》る！ 急逝した著者の遺作。

峰 隆一郎
炎鬼の剣 高柳又四郎伝

文政《ぶんせい》七（一八二四）年、十七歳の又四郎は江戸を出奔。まだ見ぬ母を訪ねる旅であり、人斬り修行の旅であった。

鳥羽 亮
闇の用心棒

齢のため一度は闇の稼業から足を洗った安田平兵衛《やすだへいべえ》。武者震いを酒で抑え、再び修羅へと向かった！

祥伝社文庫の好評既刊

鳥羽 亮　地獄の沙汰　闇の用心棒⑧

「地獄屋」の若い衆が斬殺された。元締めは平兵衛、右京、手甲鈎《てっこうかぎ》の朴念《ぼくねん》など全員を緊急招集するが……。

鳥羽 亮　血闘ヶ辻　闇の用心棒⑨

五年前に斬ったはずの男が生きていた⁉ 決着をつけねばならぬ「殺し人」籠手斬り陣内を前に、老刺客平兵衛が立つ！

鳥羽 亮　酔剣　闇の用心棒⑩

倅を殺され面子を潰された侠客一家が、用心棒・酔いどれ市兵衛を筆頭に「地獄屋」に襲撃をかける！

鳥羽 亮　右京烈剣　闇の用心棒⑪

秘剣〝虎の爪〟は敗れるのか⁉ 最強の夜盗が跋扈《ばっこ》するなか、殺し人にして義理の親子・平兵衛と右京の命運は？

鳥羽 亮　悪鬼襲来　闇の用心棒⑫

非情なる辻斬りの秘剣〝死突《しにづ》き〟。父の仇を討つために決死の少年。安田平兵衛は相撃ち覚悟で敵を迎えた！

鳥羽 亮　風雷　闇の用心棒⑬

風神と雷神を名乗る二人の刺客襲来で、安田平兵衛に最大の危機が⁉ 殺された仲間の敵を討つため、秘剣が舞う！

祥伝社文庫の好評既刊

佐々木裕一　龍眼　流浪　隠れ御庭番

秘宝を求め江戸城に忍び込んだ里見伝兵衛。だが、罠にかかり、逃亡中に記憶喪失に。追手を避け、各地を旅するが……。

佐伯泰英　秘剣雪割り　悪松《わるまつ》・棄郷編

親を殺され江戸を追われた中間《ちゅうげん》の倅《せがれ》が、薩摩示現《じげん》流を会得して江戸に舞い戻った。巨軀・剛腕、荒ぶる魂！

佐伯泰英　秘剣瀑流返し　悪松・対決「鎌鼬《かまいたち》」

一松に次々襲いかかる薩摩藩の刺客。ついに現われた薩摩示現流最強の敵に、一松の秘剣瀑流返しが挑む！

佐伯泰英　秘剣乱舞　悪松・百人斬り

屈強な薩摩藩士百名。対するは大安寺《だいあんじ》一松ひとり。愛する者を救うため、愛甲派示現流の剣が吼える！

佐伯泰英　秘剣孤座

水戸光圀より影警護を依頼され同道する大安寺一松。船中にて一松が編み出した「秘剣孤座」とは？

佐伯泰英　秘剣流亡《りゅうぼう》

悪松、再び放浪の旅へ！　秀吉に滅ぼされた北条家の「隠れ里」で遭遇した謎の女の正体とは……。

祥伝社文庫　今月の新刊

渡辺裕之　死の証人　新・傭兵代理店
台湾全土、包囲網。最強の傭兵、たった一人の戦い。

内田康夫　志摩半島殺人事件
名探偵・浅見光彦、〝元極道作家〟殺人事件の謎に挑む!

南　英男　死角捜査　遊軍刑事《デカ》・三上謙《みかみけん》
調査官の撲殺事件の背後には、邪教教団の利権に蠢く者が!?

梓林太郎　京都　鴨川殺人事件
紅葉の名刹で消えた美女。旅行作家茶屋次郎、古都の深奥へ。

泉　ハナ　外資系オタク秘書　ハセガワノブコの華麗なる日常
オタク×エリート帰国子女の胸アツ、時々バトルな日々!

中島　要　江戸の茶碗　まっくら長屋騒動記
江戸っ子の粋と見栄。笑って泣ける人情噺。大矢博子氏賛。

辻堂　魁　夕影《ゆうかげ》　風の市兵衛
貸元の父を殺された三姉妹が命を懸けて貫こうとしたのは。

喜安幸夫　出帆《しゅっぱん》　忍び家族
抜忍の兄弟が、豊臣再興を志す若様を助けていざ新天地へ。

峰隆一郎　日本剣鬼伝　宮本武蔵　新装版
容赦なき豪剣、凄絶なる一撃。既存の武蔵像を覆した傑作。

佐伯泰英　完本　密命　巻之四　刺客《しかく》　斬月剣
惣三郎が死んだ!?　息子は、母と妹の今後を案じるが……。